Joan Aiken

Nightfall

Joan Aiken

Nightfall

Fürchte die Nacht

Aus dem Englischen von
Gabriele Redden

Langen*Müller*

Besuchen Sie uns im Internet unter
www.langen-mueller-verlag.de

Umschlaggestaltung: Wolfgang Heinzel
Umschlagfoto: getty-images, München
Herstellung und Satz: Ina Hesse
Gesetzt aus: 10,7/13,5 Garamond BQ
Druck und Binden: GGP Media GmbH, Pößneck
Printed in Germany
ISBN 978-3-7844-3149-9

1

DER TAG, AN DEM ICH GEORGE kennenlernte, war einer der schlimmsten in meinem Leben. Nicht der allerschlimmste, der war drei Wochen vorher gewesen, als Mama und Ralph bei einem Autounfall am Sunset Boulevard ums Leben gekommen waren.
Sicher hat es damals die üblichen Schlagzeilen gemacht, denn sie waren beide bekannte Filmstars, aber ich war viel zu jung – erst neun – und viel zu verstört, um mich darum zu kümmern. Ralph war nur mein Stiefvater, nicht mein wirklicher Vater, an den ich mich zu jener Zeit kaum erinnern konnte, aber er war immer lieb zu mir gewesen, hatte Späße mit mir gemacht, mich mit ulkigen Namen wie Popsypetal gerufen und alles Mögliche mit mir unternommen. Aber Mama war Mama, wunderschön, unberechenbar und unersetzlich.
Wir hatten seit drei Jahren in Los Angeles gelebt. Ich konnte mich kaum noch daran erinnern, wie das Leben in England gewesen war. Obwohl ich mich in der kalifornischen Hitze wohlfühlte und unser großes, weißes, im spanischen Stil erbautes Haus liebte, ebenso wie die unkomplizierten amerikanischen Kinder, spürte ich doch immer noch ein wenig, dass ich hier fremd war. Aber Mama war immer im rechten Augenblick da, um mir mit ihrer warmen, liebe-

vollen Stimme zu versichern, dass das Leben hier wunderschön sei. Mama, mit ihrem honigblonden Haar, ihrer Herzlichkeit, ihrer unwiderstehlichen, zuversichtlichen Lebenseinstellung, war für mich ein Symbol der Sicherheit bis zu dem Tage, an dem ihr Cabriolet von einem Lastwagen mit defekten Bremsen gerammt wurde. Bis zu dem Anruf in der Mittagszeit, der das Fundament meiner gesamten Existenz zerstörte. Ich sehe Sanchie, unser Hausmädchen, noch vor mir, wie sie mich aus weit geöffneten Augen erschrocken anstarrte, während sie telefonierte, und ich erinnere mich auch noch an die entsetzten Gesichter der Nachbarn, die wohlmeinend und mitleidig herüberkamen und sich zuflüsterten, was nicht für meine Ohren bestimmt war.

»Die arme Kleine, sie hat niemanden hier, der zu ihr gehört, niemanden auf dem ganzen Kontinent, der sich um sie kümmert, wo soll sie bloß hin?«

Ich war viel zu benommen und fassungslos, um darauf achtzugeben, aber später kamen diese Worte zurück und verfolgten mich bis in meine Träume.

Eine Mrs. van Hefflin, die etwas weiter die Straße hinauf wohnte, nahm mich für ein paar Tage auf. Und inmitten ihrer lauten, lebendigen Familie lebte ich in einem Schockzustand und nahm die Barbecues, Picknicks und Zoobesuche kaum wahr, die man mir zuliebe veranstaltete in der Hoffnung, mich damit ein wenig zu zerstreuen.

Dann war meine Zukunft plötzlich geregelt, und zwar ganz einfach, mein richtiger Vater schickte ein

Telegramm, man setzte mich ins Flugzeug in die Obhut eines älteren Ehepaares, das ebenfalls nach London flog, und mein wirkliches Leben begann.
Später hörte ich sie sagen, dass das ein sehr unruhiger Flug gewesen sei, aber ich hatte es gar nicht bemerkt noch mich geängstigt. Mr. und Mrs. Strangeway hatten keine Erfahrungen mit Kindern, und nachdem sie mich Verschiedenes gefragt hatten und ich nur herumstotterte, ließen sie mich klugerweise in Ruhe.
Die Stewardessen stellten Mahlzeiten vor mich hin und nahmen sie wieder fort, ohne dass ich sie angerührt hatte.
Man zeigte mir, wie ich die Schwimmweste anlegen musste, und ich befestigte den Sicherheitsgurt, als man es von mir verlangte, ohne recht zu wissen, was ich tat. Ich konnte immer nur an eines denken, meine Mutter war tot, ich würde sie niemals wiedersehen, niemals wieder ihre warme Hand halten oder ihr einen Gutenachtkuss geben können, ihr niemals wieder dabei zuschauen können, wenn sie sich für eine Party zurechtmachte, oder ihr herzliches Lachen hören, das so plötzlich und fröhlich hervorsprudeln konnte und für ihren Spitznamen Fizz verantwortlich war.
»Fizz, bist du fertig, Liebling?«, rief Ralph jedes Mal von unten. »Wir müssen langsam los, sonst kommen wir zu spät zur Premiere!«
»Ich sage gerade Meggie gute Nacht, dann komme ich«, und dann nahm sie mich in den Arm, und wie jedes Mal sagte sie: »Träum süß, kleine Meggie!«

»Du auch!«
»Du auch, und hab ganz viele schöne Träume.«
Aber nun würde es keine schönen Träume mehr geben. In meiner Benommenheit dachte ich auch kurz an meinen Vater. Seit Jahren hatte ich ihn nicht mehr gesehen, vier oder fünf Jahre, und ich war doch erst neun. Ich konnte mich nur schwach an einen grauhaarigen, graugesichtigen, müde aussehenden Mann erinnern, der viel älter als meine Mutter zu sein schien. Er war sowieso kaum zu Hause gewesen. Die meiste Zeit, soweit ich mich erinnern konnte, war er in Korea, wo zu der Zeit Krieg war. Und als er dann schließlich nach Hause kam, war es das Wichtigste gewesen, ihn nicht zu stören.
»Pscht! Mach keinen Lärm, sonst verärgerst du deinen Vater. Es geht ihm nicht gut, weißt du.«
»Warum geht es ihm nicht gut? Was hat er denn? Ist er krank?«
»Er war in einem Kriegsgefangenenlager, wo er fast verhungert wäre, daher müssen wir rücksichtsvoll und leise sein, denn er braucht viel Ruhe, damit er wieder gesund werden kann.«
Wahrscheinlich konnte sich meine Mutter ebenso wenig an diese Situation gewöhnen wie ich. An mehr über meinen Vater konnte ich mich jedenfalls nicht erinnern. Es muss kurz darauf gewesen sein, dass meine Mutter mit mir nach Amerika zog, wo ich Ralph kennenlernte, der nun mein Stiefvater werden sollte. Würde ich meinen Vater erkennen, wenn ich ihn sah? Mich fröstelte. Würde er mich überhaupt bei

sich haben wollen? Würde er sich freuen, wenn er mich wiedersah? Was für einen Beruf hatte er? Und dann kam mir noch ein anderer Gedanke, der mich sehr erschreckte – hatte er wieder geheiratet? Ich hatte genügend Geschichten über böse Stiefmütter gelesen, um zu wissen, was das bedeutete.

Ich fiel in einen unruhigen Schlaf.

Es war neun Uhr abends, als wir auf dem Londoner Flughafen landeten. Mir war kalt, und ich fühlte mich elend und ängstlich, während ich die vorbeieilenden Leute anschaute, aber niemand sah so aus, wie ich meinen Vater in Erinnerung hatte.

Niemand achtete auf mich, alle liefen an mir vorbei. Vielleicht hatte er sich nicht die Mühe gemacht, mich am Flughafen abzuholen? Vielleicht wollte er mich gar nicht haben? Sicher war er sehr böse, weil meine Mutter ihn verlassen hatte. Hatte er sie damals so vermisst, wie ich sie jetzt vermisste? Es war das erste Mal, dass mir so ein Gedanke kam!

Dann löste sich eine Gestalt aus der Menge und kam mit forschen Schritten direkt auf mich zu. Ich starrte sie an und hoffte, dass sie nicht mich meinte, dass sie ihre Richtung ändern und an uns vorbeigehen würde. Aber sie blieb bei mir stehen.

Sie war eine kleine, magere, grauhaarige Frau mit scharfen Gesichtszügen und kalten, unfreundlichen Augen. Unter ihrem glänzenden Strohhut hatte sie ihr Haar zu einem Knoten zusammengesteckt. Sie trug ein graues Kostüm, mit einer seltsamen langen doppelt geknöpften Jacke, das schon seit vielen Jahren aus der Mode war. Ihr Rock reichte ihr fast bis an die Knöchel. Sie trug feste schwarze Schnürschuhe. Eine vergoldete Brosche verschloss den Kragen ihrer weißen Bluse. Ihre Lippen waren fest zusammengepresst, während sie mich stirnrunzelnd von oben bis unten betrachtete. Ich sah, dass sie eine kleine Warze am Kinn hatte, aus der drei oder vier Haare sprießten.

»Mr. und Mrs. Strangeway?«, sagte sie. »Ist das die kleine Frazer?«

Mein Herz sank mir in die Knie. War das etwa die zweite Frau meines Vaters? Ich spürte ihre Feindseligkeit und Missbilligung mir gegenüber wie einen Kältehauch und sperrte mich instinktiv gegen sie, während sie mit Mrs. Strangeway sprach.

»Hm. Genug Gepäck hast du ja«, sagte sie zu mir, nachdem die Strangeways gegangen waren und die einzige Verbindung zu der Welt, die ich verloren hatte, gekappt hatten.

»Das bedeutet, wir müssen ein Taxi nehmen. Na, zum Glück ist es nicht weit.«

Die Londoner Straßen waren dunkel und nass, Laub lag in kleinen Haufen auf dem glitzernden Pflaster. Ich fror und zitterte in meinem dünnen Sommermantel.

»Ist ja geradezu lächerlich, dich in diesem Aufzug hierher zu schicken«, beanstandete die Frau und verzog das Gesicht.

»Hast du keine anständigen Sachen? Ich werde dir wohl ein paar vernünftige Kleider kaufen müssen.«

Und das schien ihr gar nicht recht zu sein.
Ich hatte nicht gehört, welche Adresse sie dem Fahrer genannt hatte, aber kurz darauf hielten wir in einer ruhigen, dunklen Straße mit großen Häusern. Auf der anderen Straßenseite waren Bäume mit niedrigen Gittern um die Stämme. Das kam mir irgendwie bekannt vor. Während ich mich bemühte zu glauben, dass ich mich wirklich erinnerte, wurde ich aus dem Wagen gezerrt.
»Komm heraus, du kannst doch hier nicht einschlafen. Hilf mir lieber, die Sachen ins Haus zu tragen.«
Noch immer ganz benommen, half ich ihr, meine Sachen eine steile Treppe hinaufzutragen, die zur Haustür führte. Der Taxifahrer wurde bezahlt und brummte wegen des kleinen Trinkgeldes, und wir betraten eine große, spärlich beleuchtete Halle.
Ein kleiner Mann in einer grauen Strickjacke kam die Treppe herauf und humpelte uns entgegen.
»Da bist du ja schnell wieder zurückgekommen, richtig«, sagte er. »Wie ich sehe, hast du sie mitgebracht.«
Er nickte mir flüchtig zu, ohne mich anzusehen oder mich zu begrüßen.
»Schnell zurück?«, rümpfte sie die Nase. »Ich habe eine Ewigkeit gewartet! Das Flugzeug hatte eine Dreiviertelstunde Verspätung! Nebel.«
Sie sagte es so, als wäre es meine Schuld.
»Ich werde mal das Gepäck raufbringen«, sagte er und humpelte eine Treppe nach oben.
»Für dich ist es das Beste, wenn du gleich ins Bett

gehst«, sagte die Frau, die er Milly genannt hatte, zu mir. »Musst du noch etwas essen?«
»Nein danke«, sagte ich leise. Meine Kehle war wie zugeschnürt, und Tränen stiegen mir in die Augen.
»Du solltest noch ein Glas Milch trinken«, sagte sie, »ich werde es dir gleich mitbringen. Geh schon mal nach oben. Es ist das Zimmer im zweiten Stock, auf der rechten Seite, wenn du oben bist. Du siehst ja, wo Arthur deine Sachen hingestellt hat. Vergiss nicht, dich zu waschen. Das Badezimmer ist direkt gegenüber.«
Langsam ging ich die steilen Treppen hinauf. Als ich das Zimmer, in das meine Sachen gebracht worden waren, gefunden hatte, war der Mann in der grauen Jacke schon verschwunden. War er mein Vater? Nein, das konnte ich nicht glauben. Wenn er es gewesen wäre, dann hätte ich ihn sicher wiedererkannt, sicherlich würde ich mich an ihn erinnern, wenn ich ihn wiedersehen würde. Ich zog ein Nachthemd aus meinem Koffer, schlüpfte hinein und kroch in mein Bett. Nach kurzer Zeit erschien die Frau und brachte das Glas Milch. Mit einem säuerlichen Ausdruck inspizierte sie meine Koffer und sagte:
»Die werde ich morgen wohl alle auspacken müssen, vermute ich.«
Ohne ein weiteres Wort zu verlieren, knipste sie das Licht aus, ging hinaus und schloss die Tür.
Das Bett war kalt, und ich lag zusammengerollt, ohne mich zu bewegen, ich hatte Angst, meine Bei-

ne in die eisige Kälte auszustrecken. Da ich im Flugzeug so viel geschlafen hatte, war ich nun hellwach. Ich wünschte so sehr, noch ein paar Decken zu haben und eine Wärmflasche, aber ich wagte nicht hinunterzugehen und die Frau darum zu bitten.
Nach und nach fiel ich in einen unruhigen Schlaf. Und es war in dieser langen, kalten, schlimmen Nacht, dass ich den Traum zum ersten Mal hatte, diesen schrecklichen Traum, der sich wiederholen und mich für die nächsten zehn Jahre heimsuchen sollte. Bei diesem ersten Mal hatte ich noch nicht die geringste Erinnerung an das, was ich geträumt hatte, als ich erwachte. Ich wusste nur, dass er unvorstellbar schrecklich war. Es dauerte sogar einige Jahre, bis ich mich dunkel an einige Bilder erinnerte. Jedes Mal, wenn er wiederkam, und das geschah in Abständen von drei bis sechs Monaten und manchmal weniger, ergriff mich nacktes Entsetzen, und dann in meinem Schlaf erinnerte ich mich und wartete hilflos auf seinen gewöhnlichen Ablauf bis zu dem schrecklichen Ende. Dann verschwand er wieder aus meinem Gedächtnis, aber am Morgen erwachte ich in verzweifelter Angst, mein Herz schlug wild, und mein Mund war wie ausgetrocknet von meinen stummen Schreien. Dann wusste ich, ich hatte wieder diesen Traum geträumt, aber fast alle Spuren der Erinnerung waren verschwunden.
Das war wohl der wesentliche Grund dafür, warum ich so erfüllt war mit Grauen, dass ich mich nicht erinnern konnte, dass alles sozusagen hinter einem

Vorhang verborgen war. Ich glaube, wenn ich mich hätte erinnern und dann am hellen Tag alles in Ruhe, mit Vernunft hätte analysieren können, dann wäre der Traum nur noch halb so schlimm gewesen. Aber alles, woran ich mich damals erinnern konnte, war ein Gesicht, das immer wieder in der Dunkelheit auftauchte, ein schreckliches Gesicht, das auf unerklärliche Weise hin und her schwang, mir entgegen ... Bald kannte ich das Gesicht so gut wie mein eigenes im Spiegel. Unter Tausenden von Gesichtern hätte ich es wiedererkannt.

Kinder lieben Geheimnisse. Heute weiß ich, dass es sehr dumm von mir war, niemandem etwas davon zu erzählen, aber ich schämte mich zutiefst, dass ich diesen Traum hatte, sicherlich hatte niemand anderer ein solches Problem. Es kam mir vor wie eine Krankheit, ungefähr als ob ich verrückt wäre oder ein Krüppel. Nicht um alles in der Welt hätte ich darüber gesprochen, ich dachte nach Möglichkeit überhaupt nicht daran. Damals versuchte ich zu hoffen, dass, wenn ich älter würde, wenn ich eines Tages dieses geheimnisvolle Stadium des Erwachsenseins erreicht haben würde, ich mich daran gewöhnt haben und es mir egal sein würde.

Aber stattdessen wurde es immer schlimmer.

Die Abstände wurden zwar größer, aber der Traum selbst wurde immer länger, heftiger und noch viel schrecklicher, bis ...

Aber das war viel später.

An dem Tag nach dieser ersten düsteren Nacht in

dem großen Haus, das mir Angst einflößte, traf ich George.

Ich wachte gegen fünf Uhr auf, zitternd vor Kälte und dieser furchtbaren Angst, die mir von dem Traum geblieben war. Dann spürte ich eine dunkle, tiefe Traurigkeit, die jetzt wie auch später jedes Mal auf meinen Traum folgte und den ganzen Tag andauerte.

Ich konnte nicht wieder einschlafen. So kroch ich langsam aus dem Bett und zog mich an. Bald darauf hörte ich den Straßenlärm. Ein Milchwagen ratterte die Straße herunter und hielt schließlich vor dem Haus. Als ich aus dem Fenster schaute, kam die Frau, die mich abgeholt hatte, aus der Haustür und rief dem Fahrer etwas zu, offensichtlich verlangte sie mehr Milch.

»Morgen, Missis! Dann ist sie also gekommen, nicht wahr?« Das Gesicht des Milchmanns zeigte große Neugier. »Wie sieht sie denn aus? So wie ihre Mutter?«

Ich konnte nicht hören, was Milly antwortete, aber wie sie die Schultern zuckte, als sie die Milchflaschen in Empfang nahm, ließ ihre Meinung deutlich werden.

Zwanzig Minuten später wurde ich nach unten gerufen, um zu frühstücken. Die anderen beiden Mitglieder des Haushalts hatten schon gefrühstückt. Ich musste mich überwinden, die Cornflakes mit Milch in dem ungeheizten Esszimmer, in dem ich ganz alleine war, zu essen. Aus dem Fenster sah man in einen kleinen Garten.

Als ich fertig war, half ich Milly, meine Koffer auszupacken und die Sachen in einen Schrank zu legen.
»Hast du denn überhaupt keine Wintersachen?«, fragte sie missbilligend.
»Die waren mir alle zu klein ... Ich bin seit letzten Winter so gewachsen.«
»Also, zur Schule heute trägst du am besten das. Das scheint mir das Wärmste zu sein, was du hast. Beeil dich beim Umziehen, wir sind spät dran. Arthur wird dir dann den Weg zeigen.«
»Schule? Gehe ich hier zur Schule?« Ich erschrak. Ich glaube, dass ich schon daran gedacht hatte, auch in England zur Schule gehen zu müssen, aber ich hatte nicht erwartet, dass es so bald sein würde.
»Ja, was dachtest du denn? Dein Vater will, dass du gleich mit der Schule anfängst. Es ist jedenfalls besser, als wenn du den ganzen Tag nur hier im Haus herumstrolchst. Also mach schnell und zieh dich jetzt um.«
Da sie von meinem Vater und von Arthur sprach, konnte ich annehmen, dass es sich um zwei verschiedene Personen handeln musste, und gerade als sie das Zimmer verlassen wollte, nahm ich meinen ganzen Mut zusammen und stellte die Frage, die mich während der letzten zwölf Stunden am meisten beschäftigt hatte:
»Wo, wo ist mein Vater?«
Ungeduldig, so als fände sie es absolut unnötig, mir eine Antwort zu geben, sagte sie: »Er ist weg. In Edinburgh.«

Sie drehte sich um und ging. »Wann kommt er denn wieder?«
»Erst in einer Woche.«
»Macht er Ferien?«
»Du meine Güte, dieses Kind. Nein – er ist auf einem Ärztekongress in Edinburgh. Mehr weiß ich auch nicht, und nun hör auf, Fragen zu stellen. Ich muss dir noch dein Schulbrot machen.«
»Dann ist mein Vater also ein Arzt?«
Sie sah mich an, als sei ich geisteskrank, öffnete den Mund, schloss ihn wieder und sagte schließlich:
»Ja. Du hast fünf Minuten Zeit, dann musst du unten sein.«
Ich hörte sie mit kurzen Schritten die Treppe hinuntergehen.

2

ICH KANN MICH NOCH AN FAST JEDE MINUTE dieses ersten langen Morgens in der neuen Schule erinnern und kann mir nicht vorstellen, dass ich jemals in meinem Leben einen unglücklicheren Tag verleben werde. Die meisten anderen Mädchen in meiner Klasse waren sicher nicht absichtlich so hässlich zu mir, glaube ich, aber – ich hatte schließlich vier Jahre in Amerika gelebt – alles an mir war ihnen fremd, und sie machten sich über alles lustig, von meinen Kleidern bis zu meinem amerikanischen Akzent. Sie kicherten und machten dumme Bemerkungen.

»Huh, guck mal, Brenda, diese komischen Schuhe!«

»Ich fall gleich in Ohnmacht – Galoschen!«

»Ich trau meinen Augen nicht! Sieh mal den Matrosenkragen!«

Für mich schienen meine Kleider völlig in Ordnung zu sein, aber offenbar war alles falsch an ihnen. Und auch das, was ich bisher in der Schule gelernt hatte, stimmte auf einmal nicht mehr. Ich gebrauchte die falschen Ausdrücke, weil in Amerika manche Dinge eben anders heißen; ich hatte nicht die richtigen Bleistifte oder Lineale oder was immer; ich hatte keine Ahnung von der englischen Währung, und am Ende der Unterrichtsstunden kam ich mir vor wie ein Idiot.

Um das Maß voll zu machen, ließ mich die Direktorin vor dem Mittagessen zu sich rufen, um mir freundlich, aber bestimmt zu sagen, dass es ihr lieber wäre, wenn ich den anderen Mädchen nicht erzählen würde, dass meine Mutter eine berühmte Filmschauspielerin war.

»Das hab ich doch nicht ..., das wollte ich nicht ...«, war alles, was ich herausbrachte. Allein der Gedanke, mit meiner Mutter anzugeben, ausgerechnet jetzt, verursachte mir Schrecken und Übelkeit.

»Natürlich würdest du das jetzt noch nicht tun, Liebes. Die anderen Lehrer und ich sind voller Mitgefühl für diesen tragischen Verlust. Aber versuch, Klatschereien unter den anderen Mitschülerinnen zu vermeiden – und für dich wäre es sicher das Beste, glaube ich, wenn keine Geschichten über Hollywood und Filme und so weiter kursieren. Versuch einfach, diesen Abschnitt deines Lebens zu vergessen.«

Meine Mutter vergessen? Die Direktorin meinte es sicher nur gut, aber ihre Worte klangen herzlos, und die Erinnerung an das, was ich verloren hatte, brachte mich zum Weinen, denn verständlicherweise war ich in jenen Tagen noch sehr leicht aus der Fassung zu bringen.

Als ich in den Speisesaal kam, bemerkte das Mädchen, das Brenda hieß, meine Tränen und sagte besonders laut: »Schluchz, schluchz, was hat denn unsere kleine Miss Bermuda?«

Ich setzte mich in eine Ecke und beugte mich über meinen Teller. Um mich herum schwatzte, lachte

und klapperte alles, und ich wäre am liebsten unsichtbar geworden.
Schließlich war dieser schreckliche Tag zu Ende. Der humpelnde Arthur erschien und brachte mich schlurfend nach Hause, was meine Klassenkameradinnen nur umso mehr belustigte.
»Wirst ja wohl von jetzt an alleine den Weg finden«, bemerkte er, während wir langsam die Straße entlanggingen. Als wir zu Hause ankamen, sagte er: »Im Esszimmer ist der Tee für dich serviert.« Dann humpelte er die Kellerstufen hinunter.
Ich sehnte mich danach, mit jemandem sprechen zu können, und überlegte für einen kurzen Moment, ob ich ihm folgen sollte. Zögernd ging ich ein paar Stufen hinunter, als ich plötzlich jemanden den Namen meiner Mutter nennen hörte.
»... sie war eben so, wie sie sein musste«, fuhr die Stimme fort. »Was kannst du auch anderes von einer Schauspielerin erwarten? Die sind doch alle gleich. Schlimm genug, dass Dr. Frazer sie überhaupt geheiratet hat. Und es würde mich gar nicht wundern, wenn die Kleine mal genauso wird. Dieselbe Haarfarbe – sie hat überhaupt nichts von ihrem Vater. Ich wette, die wird uns bald an der Nase herumführen, wenn sie keine strenge Hand zu spüren bekommt. Die Kleider, die das Mädchen hat! Passen eher zu einem Königskind als zu einem Schulmädchen. Kein einziges warmes Teil dabei. Alles kleine Fetzen – sogar ein Bikini! Schamlos nenn ich das!«
Ein Stuhl wurde zurückgeschoben, und ich floh lei-

se und schnell die Treppen hinauf ins Esszimmer, wo für mich allein gedeckt war. Ich hatte ziemlichen Hunger, denn beim Mittagessen in der Schule hatte ich keinen Bissen hinuntergekriegt, aber der Anblick des einzelnen Tellers, des Sandwiches und der Tasse Tee auf diesem großen Tisch bedrückten mich unsagbar. Eine Glastür führte auf eine schmiedeeiserne Treppe hinaus, und darunter lag der Garten. Eine gelbe, blasse Sonne kam hervor, darum nahm ich den Teller und den Tee und setzte mich auf die Treppenstufen. Aber mir war immer noch ganz schlecht, und ich konnte nichts essen. Ich stellte den Teller und die Tasse neben mich und legte den Kopf auf die Knie. Ich konnte nichts dafür, aber die Einsamkeit hüllte mich ein, ich bekam Heimweh, hier war mir alles fremd und dazu noch diese unfreundliche Atmosphäre in diesem Haus – ich versuchte, die Tränen zurückzuhalten, aber es gelang mir nicht. Ich weinte.
Und dann hörte ich plötzlich eine Kinderstimme, die von irgendwo über mir kam.
»George! George, schau doch mal, da ist jemand im Nachbargarten. Meinst du, das könnte sie …«
Eine Jungenstimme sagte etwas, was ich nicht verstehen konnte, aber das Mädchen redete weiter.
»Sie sieht älter aus als ich – ungefähr so alt wie du. Soll ich sie mal ansprechen? Es ist mir ganz egal, was du sagst, ich rede mal mit ihr. Glaubst du, sie wird jetzt für immer hier wohnen? Sie sieht ganz schön traurig aus, George, ich glaube, sie weint!«
»Scht! Polly, warte …«

Aber die Warnung war umsonst, denn ich hörte ein scharrendes Geräusch und blickte auf. Ein kleines Mädchen kletterte gerade vom Dach eines Schuppens, der am Gartenzaun stand, herunter zu mir. Sie schien einige Jahre jünger zu sein als ich, hatte hübsche blonde Locken und große blaue Augen. Sie kam die Treppen herauf, setzte sich neben mich und umarmte mich so, als ob wir uns schon lange kennen würden.

»Bist du ganz allein, du Arme? Brauchst jetzt nicht mehr traurig zu sein, wir können ja mit dir spielen. Ich heiße Polly Barnard, und das ist mein Bruder George. Er sitzt da oben auf dem Dach. Ist Dr. Frazer dein Vater? Dachte ich mir. Wirst du jetzt immer hier wohnen bleiben? London ist doch furchtbar, nicht wahr? Wir sind auch noch nicht lange hier – wir haben vorher in Afrika gelebt. Wie heißt du? Meg? Hübscher Name.«

Ihre Fragen kamen so schnell, dass ich sie gar nicht alle beantworten konnte. Auf dem Dach des Schuppens stand ein Junge, der ungefähr dreizehn Jahre alt war. Er hatte die gleichen blonden Haare und blauen Augen wie Polly. Er nickte mir etwas schüchtern zu.

»Komm runter, George!«, rief Polly. »Sie hat nichts dagegen, dass wir in ihrem Garten sind, stimmt doch? Sie freut sich, dass wir mit ihr spielen können! Nicht wahr? Wie alt bist du? Ich bin sieben, George ist zwölf. Ich gehe hier in die Grundschule und George aufs Gymnasium. Glaubst du, es könnte dir hier gefallen? Wir wohnen hier bei unserer Tante.

Unsere Eltern sind immer noch in Afrika.«
George stieg langsam zu uns herunter und lächelte mich schüchtern an. Er sah wirklich sehr gut aus, er war der hübscheste Junge, den ich jemals gesehen hatte. Er und Polly mit ihren goldblonden Haaren und ihren blauen Augen waren ein solcher Gegensatz zu dem, was ich bisher an diesem Tag erlebt hatte, dass meine Niedergeschlagenheit verflog und ich die beiden sofort in mein Herz schloss.
»Ich finde«, sagte George und schaute sich dabei in dem Garten um, »das ist kein besonders schöner Garten. Hier ist ja fast gar keine Wiese. Warum kommst du nicht in unseren Garten, da könnten wir Kricket spielen. Kannst du das?«
»Baseball kann ich, aber Kricket …«, sagte ich zweifelnd.
»Na, komm schon.«
»Ja, komm mit«, sagte Polly, »dann zeig ich dir mal mein Puppengeschirr.«
Ich zögerte, aber sie drückte aufmunternd meinen Arm, und ich konnte nicht widerstehen. Und gerade in diesem Moment hörten wir eine unfreundliche Stimme aus dem Fenster über uns.
»Miss Meg, mit wem sprichst du? Wer ist denn da im Garten?«
Es war der humpelnde Arthur.
Als er die Kinder sah, erhellte sich seine Miene etwas und er sagte:
»Ach, ihr zwei seid es. Dachte ich's mir doch, dass es nicht lange dauern würde, bis ihr Naseweise hier

auftauchen würdet. Seid wohl über den Zaun geklettert, was?« George wurde rot, aber Polly konnte das gar nicht erschüttern.

»Kann sie in unseren Garten spielen kommen?«, rief sie.

»Von mir aus. Aber es wird nicht mehr über den Zaun geklettert. Ihr geht durch die Haustüre, wie es sich gehört, und spätestens um halb sieben musst du wieder zu Hause sein.«

»Wer ist dieser Mann eigentlich?«, fragte ich leise, nachdem wir in dem Garten der Barnards angekommen waren.

»Was? Das weißt du nicht?«, sagte Polly erstaunt. »Das ist Mr. Todd. Er hat schwere Arthritis. Deswegen humpelt er so. Er ist mit Mrs. Todd verheiratet, und die ist eure Haushälterin.«

»Ach so.« Ich holte tief Luft, ein Stein war mir vom Herzen gefallen. »Ich dachte schon, sie sei die Frau meines Vaters.«

»Nein. Dr. Frazer ist jetzt nicht mehr verheiratet. Du meine Güte, das muss ganz schön komisch sein, so wenig über seinen eigenen Vater zu wissen wie du.« George sah seine Schwester stirnrunzelnd an, aber sie redete munter weiter und beachtete ihn gar nicht. Sie hakte mich unter und sagte erklärend:

»Eine alte Tante von deinem Vater wohnte früher hier. Sie ist vor zwei oder drei Jahren gestorben und hat ihm das Haus hinterlassen, Mr. und Mrs. Todd haben sich schon um diese Tante gekümmert, und jetzt kümmern sie sich eben um deinen Vater. Er ist ganz nett – stell dir mal vor –, ich kenne deinen Vater besser als du. Er sieht immer so müde aus, und er ist ein ruhiger Mann, aber sehr freundlich. Ich bin mal auf mein Knie gefallen, da hat er es verbunden und mir eine Spritze gegeben, und er hat gesagt, ich sei ein Trojaner, oder nein, ein Spartaner. Deine Mutter ist gestorben, nicht wahr? Arme Meggie, musst nicht traurig sein, du kannst immer mit uns spielen, wenn du willst. Tante Hilda ist nicht so lieb wie unsere Mami, aber sie ist ganz nett und hat bestimmt nichts dagegen.«

Polly hörte überhaupt nicht mehr auf zu reden. Dabei hatte sie und hat immer noch die Gabe, alles aus einem herauszuholen, was sie über einen wissen will. Der Milchmann, der Postbote, ihre Tante Hilda, der Schutzmann an der Ecke, sogar der mürrische Mr. Todd, alle waren ihrem Charme erlegen und sagten mehr, als sie eigentlich beabsichtigten. Das Ergebnis war eben in diesem Fall, dass Polly mir weit mehr über meinen Vater sagen konnte, als ich selbst über ihn wusste.

»Er ist Arzt, und er war im Koreakrieg, weil er eine ganze Menge über diese fremden Krankheiten weiß. Und dort ist er dann in Gefangenschaft geraten und in ein Lager gekommen, wo er dann selber krank geworden ist. Und als er endlich zurückgekommen war, hatte sich deine Mutter in einen anderen Mann verliebt und war mit ihm weggegangen und hatte ihn geheiratet. Deshalb hat sich dein Vater dann scheiden lassen.«

»Andersherum, du Schwachkopf«, unterbrach George sie. »Er hat sich von ihr scheiden lassen, und dann hat sie wieder geheiratet, sonst wäre es ja Bigamie gewesen.«

»Was für'n Unterschied macht das schon? War er eigentlich nett, der andere Mann, den sie geheiratet hat?«

»Ja, sehr«, sagte ich traurig.

»Na ja, dein Vater ist auch nicht schlecht. Er war immer noch nicht ganz gesund, als deine Mutter ihn verlassen hat, deshalb ist er auch zu dieser Tante gezogen, der alten Miss Frazer nebenan, und Mr. und Mrs. Todd haben ihn gepflegt, bis es ihm wieder besser ging. Natürlich mögen sie ihn sehr. Sie sind ihm treu ergeben, wie Tante Hilda sagt. Sie finden, dass es ganz schön mies von deiner Mutter war, ihn zu verlassen.«

»Aber sie konnte doch nichts dafür, dass sie sich in Ralph verliebte«, verteidigte ich sie.

»Und es war doch nicht ihre Schuld, dass er krank geworden war.«

»Nein, vielleicht nicht«, sagte Polly, »und Mr. Todd sagte, dass sie Partys liebte, und dein Vater hat sie nie irgendwo mit hingenommen, das war bestimmt nicht schön für sie.«

Erinnerte mich das nicht an etwas?

Mama in einem Glitzerkleid vor dem Spiegel, eine Blume in ihrem kupferroten Haar.

Lass uns doch zusammen hingehen, Edwin, es täte dir sicher gut, mal herauszukommen. Meine Liebe, ich hasse Partys. Du weißt doch, ich langweile deine Theaterfreunde, und sie langweilen mich.

»Deine Mutter hat in London am Theater gespielt, bevor sie nach Hollywood gegangen ist, stimmt's?«, platzte Polly in meine Erinnerungen.

»Ich habe auch Fotos von ihr in alten Zeitungen gesehen«, sagte George. »Du bist ihr nicht sehr ähnlich, oder? Zu dünn. Aber du hast die gleiche Haarfarbe wie sie.«

Ich dachte an die Bemerkungen, die Mrs. Todd über meine Mutter gemacht hatte.

»Weil ich so aussehe wie meine Mutter, kann mich Mrs. Todd nicht ausstehen«, sagte ich langsam. »Weil Mama ihn verlassen hat.«

»Mach dir nichts daraus«, sagte Polly, »wenn sie dich schlecht behandelt, kannst du immer zu uns rüber kommen.« Sie legte ihre Hand auf meine Schulter.

»Kommt schon«, sagte George, »bald ist es zu dunkel, um Kricket zu spielen.«

Das war der Anfang einer langen Freundschaft mit den beiden Barnards. Natürlich konnte sich niemand dagegen wehren, Polly zu lieben. Und Polly betete ihren Bruder George in einer solch fraglosen, verehrenden Weise an, dass ich ganz selbstverständlich ihrem Beispiel folgte. Wir folgten ihm, wohin er auch ging, brachten ihm, was er wollte, hielten den Köder, wenn er fischte, holten ihm den Ball, damit er wieder schlagen konnte, gingen mit der Schnur hinter ihm her, wenn er seinen Drachen fliegen ließ, und schauten ihm hingegeben zu, wenn er mit seiner elektri-

schen Eisenbahn spielte, die wir natürlich nicht berühren durften. Er revanchierte sich bei uns, indem er uns bei unseren Mathematikaufgaben half, unsere Bleistifte spitzte, uns Schwimmen und Eislaufen beibrachte und den Twist und den Shake.
Aber das war erst viel später.
An dem Tag, an dem mein Vater zurückerwartet wurde – das hatte natürlich Polly herausgefunden, ich bin sicher, Mrs. Todd hätte es mir niemals erzählt –, beeilte ich mich, nach der Schule nach Hause zu kommen.
Die Schule war jetzt auch nicht mehr so schrecklich für mich. Mrs. Todd hatte mir neue Kleider mitgebracht, die zwar scheußlich waren, aber genauso wie die der anderen Mädchen aussahen, und das war schließlich das Wesentliche, ich kannte mich inzwischen aus, gehörte jetzt zur Klasse und war anerkannt. Manche Unterrichtsstunden wie Zeichnen, Gymnastik und Fremdsprachen machten mir sogar Freude.
Aber das Leben zu Hause war so düster wie zuvor.
Dreimal am Tag musste ich meine Mahlzeiten allein in dem großen, dämmrigen und kalten Esszimmer einnehmen. Als ich zögernd darum bat, mit Mr. und Mrs. Todd in der gemütlichen Küche essen zu dürfen, kräuselte Mrs. Todd missbilligend die Lippen und sagte, dass Dr. Frazer das niemals erlauben würde.
So musste ich weiter allein essen. Andererseits erwartete sie aber von mir, dass ich ihr bei der Hausarbeit half, ich musste Staub wischen, das Silber putzen,

kleine Besorgungen machen und mein eigenes Zimmer in Ordnung halten, was ich gern tat. So fühlte ich mich wenigstens zu etwas nützlich. Ich hoffte ganz einfach, dass Mrs. Todds Abneigung sich langsam legen würde.
Aber während der ganzen Zeit sehnte ich mich nach der Ankunft meines Vaters, und zugleich fürchtete ich mich auch davor. Was würde er für mich empfinden? Ob er wohl sehr einsam gewesen war? Würde er sich freuen, dass ich nun auch mit ihm hier leben würde? Es schien seltsam genug, dass er keine Zeit gehabt hatte, mir aus Schottland zu schreiben, nicht einmal eine Postkarte. Aber Polly hatte mir ja erklärt, dass der medizinische Kongress, den er besuchte, sehr wichtig war und dass er eine Reihe Referate über tropische Medizin zu halten hatte.
Als ich an diesem kalten Herbsttag in unsere Straße einbog, sah ich ein unbekanntes Auto vor unserem Haus stehen. Ich rannte ins Haus, und im selben Moment schoss Mrs. Todd wie eine Spinne aus dem Arbeitszimmer und schloss die Tür sofort hinter sich.
»Pscht!«, machte sie. »Ich habe dir schon hundertmal gesagt, du sollst die Türen nicht knallen. Kannst du nicht daran denken – gerade jetzt, wo der Hausherr endlich wieder da ist und von der Reise noch ganz müde ist. Dein Essen steht in deinem Zimmer. Du gehst jetzt sofort hinauf und bleibst dort.«
»Kann ich ihn denn nicht wenigstens begrüßen?«, fragte ich ganz verschüchtert.
»Jetzt nicht, er ruht sich aus. Geh schon!« Sie wies

energisch mit dem Kopf nach oben, bevor sie wieder in der Tür verschwand.

Ich ging ganz langsam nach oben und hoffte, dass eine Stimme aus dem Arbeitszimmer mich wieder nach unten rufen würde. Stattdessen hörte ich einen Mann sagen: »Ist das das Kind?«, und Mrs. Todd antwortete so leise, dass ich es nicht verstehen konnte. Dann sagte der Mann müde und gequält: »Nicht jetzt, später vielleicht.«

Bitter enttäuscht schleppte ich mich die Treppen hinauf in mein Zimmer, wo ich mich auf das große Fensterbrett setzte und meine Sandwiches aß. Dann machte ich meine Hausaufgaben.

Als ich aus dem Fenster sah, sah ich, wie Mrs. Todd mit entschlossener Miene gerade die Straße überquerte, sie hatte einen Einkaufskorb am Arm und beabsichtigte sicher, ein paar Leckerbissen für den Hausherrn zu besorgen.

Das schien mir ein günstiger Moment, um hinauszuschlüpfen.

Auf Zehenspitzen schlich ich die Treppen hinunter. Die Tür des Arbeitszimmers stand weit offen. Das Licht in der Tischlampe warf einen matten Schein, und das Kaminfeuer flackerte.

Mein Vater saß neben dem Kamin in einem Lehnstuhl und sah einen Stoß Papiere durch. Ich erkannte ihn sofort wieder. Er hatte ein aschfahles Gesicht und graue Haare, genauso, wie ich es in Erinnerung hatte. Er hörte mich nicht hereinkommen, so vertieft war er in seine Arbeit.

Ich räusperte mich und sagte: »Guten Tag, Vater. Ich bin es.«
Er sah stirnrunzelnd auf und ließ seine Papiere auf den Schoß sinken.
»Hatte Mrs. Todd nicht gesagt, du sollst nach oben gehen und deine Hausaufgaben machen?«, war alles, was er sagte.
»Ja, das stimmt. Aber ich habe das meiste schon gemacht. Ich wollte herunterkommen und ... und ...«
»Eines möchte ich von vornherein klarstellen: Es ist Kindern grundsätzlich verboten, diesen Raum zu betreten«, sagte er. »Wenn ich in diesem Raum bin, arbeite ich und will unter keinen Umständen gestört werden. Verstanden?«
»Ja«, flüsterte ich.
»Gut. Und du musst tun, was Mrs. Todd dir sagt. Sie hat mir erzählt, dass du manchmal sehr unhöflich und launisch bist. Sie tut eine Menge für uns, und sie ist nicht daran gewöhnt, ein Kind im Hause zu haben, das noch zusätzliche Arbeit macht, daher hast du ihr zu helfen und ihr nicht im Weg zu sein.«
»Ich helfe ihr doch«, stammelte ich, aber er sprach unerbittlich weiter.
»Nun, wie du siehst, bin ich sehr beschäftigt, die Briefe zu lesen, die während meiner Abwesenheit gekommen sind. Lass mich jetzt in Ruhe und geh spielen wie ein gehorsames Kind. Wir werden uns später sehen. Vielleicht morgen.«
Ich ging hinaus, meine Kehle war wie zugeschnürt,

ich fühlte mich zutiefst gedemütigt, als er plötzlich sagte: »Warte ...«
Er zog an einer Schnur, und das Deckenlicht ging an, und nun schaute er mich forschend an, für ein paar Augenblicke. Ich biss mir auf die Unterlippe und starrte auf den Boden. Er seufzte tief, und mit dem Mut der Verzweiflung hörte ich mich plötzlich fragen: »Tut es dir leid, dass ich hierhergekommen bin?«
Er schien sehr überrascht: »Leid? Was für ein Unsinn. Das hier ist dein Heim, natürlich. Wo sonst könntest du leben? Geh jetzt und schließ die Tür hinter dir.«
Ich hörte noch das Klicken, als er das Licht wieder ausmachte, dann schloss ich die Tür.
Ich holte tief Luft, ging in das Esszimmer und blieb vor dem polierten Mahagonitisch stehen. Mit zitternden Fingern zog ich die Intarsien auf der Tischplatte nach. Der Tisch war schon gedeckt: ein Teller, ein silbernes Besteck, ein Glas und eine Damastserviette.
Plötzlich klopfte es an der Balkontür, und zwei neugierige Gesichter pressten ihre Nasen an die Scheiben, während die Konturen des Gartens schon in der Dämmerung verschwammen.
»Psst! Meggie! Hier!«
Ich flog durch das Zimmer und öffnete die Tür. »Na? Ist er gekommen?«
Ich schlüpfte hinaus und schloss die Glastür hinter mir.
Polly ergriff ungeduldig meinen Arm und hüpfte ganz aufgeregt neben mir die Treppe hinunter.

»Na? Gefällt er dir? Hat er sich gefreut, dich zu sehen? Sah er genauso aus, wie du geglaubt hast? Ist er nett? Sag schon!«
»Ich weiß nicht …«
Meine Stimme muss sehr traurig geklungen haben, denn Polly stoppte sofort ihren Redefluss und sagte tröstend:
»Ach, vielleicht ist er müde. Wir sind auch bloß gekommen, weil Tante Hilda uns erlaubt hat, ein kleines Lagerfeuer im Garten zu machen und Maronen und Kartoffeln zu rösten. Kannst du nicht mitmachen? Wir dürfen auch Wunderkerzen anzünden.«
»Du kannst die Hälfte von meinen Wunderkerzen haben«, sagte George großzügig.
»Oh, gerne«, sagte ich außer mir vor Freude. Ich war sehr glücklich, wenigstens Freunde zu haben. »Ich hole nur schnell meinen Mantel.«
Ich war noch nie so froh, mit ihnen gehen zu können.

3

Aber in der folgenden Woche bekam ich Hodge, und das brachte eine gewaltige Veränderung in mein Leben. Ich hatte schon hin und wieder vage an meine Tante Venetia gedacht, sie war die ältere Schwester meiner Mutter und die einzige Verwandte mütterlicherseits. Soweit ich mich erinnern konnte, sah sie vollkommen anders aus als meine Mutter. Ich hatte sie das letzte Mal vor vier oder fünf Jahren gesehen, und da war sie klein, lebhaft und ziemlich rund gewesen, aber sehr nett.

Da mein Vater so desinteressiert an mir schien und die Todds mir geradezu mit offener Feindseligkeit begegneten, begann ich darüber nachzudenken, ob es nicht möglich sei, bei meiner Tante Venetia zu leben. Nur wusste ich nicht, wo sie wohnte.

Ich fragte Polly und war sehr erstaunt, dass sie nichts über Tante Venetia wusste. Sie schlug vor, im Londoner Telefonbuch nachzuschauen, aber Venetia hatte keine Eintragung darin. Während ich meinen Mut so weit zu sammeln suchte, meinen Vater nach ihrer Adresse zu fragen, kamen zwei Briefe von ihr gleichzeitig an. Einer war aus Kalifornien weitergesandt worden und mir über den Atlantik gefolgt, der andere war jüngeren Datums und an die Adresse meines Vaters geschickt worden. Beide hatten libanesische

Briefmarken. Der erste, der mich nur wenige Tage verfehlt hatte, lautete:

Liebe Meggie, bitte jemanden, mir ein Telegramm zu schicken, wenn Du mich brauchst. Du musst sehr traurig sein, aber ich weiß, dass Du auch sehr tapfer bist. Ich habe Dich sehr lieb und denke an Dich. Venetia

Später wurde mir klar, wie charakteristisch gerade diese Zeilen für sie waren, sie drückten Wärme, Herzlichkeit und Knappheit aus. Venetia würde niemals ein Telegramm schicken, wenn ein Brief auch reichte, oder drei Sätze schreiben, wenn sie ihre Gefühle auch in zwei ausdrücken konnte, aber ihre Gefühle waren echt, knapp formuliert oder nicht.
Der zweite Brief – ich bemerkte jetzt, dass beide den Briefkopf der Universität von Beirut trugen – lautete:

Liebe Meggie, ich bin froh, dass Du jetzt bei Deinem Vater lebst, das hatte ich auch erwartet, das ist für Euch beide gut, und Du wirst in London eine gute Ausbildung bekommen. Wo ich hier lebe, wäre es für Dich nicht das Richtige gewesen, aber mein Vertrag ist auf vier Jahre befristet, und wenn ich wieder in London leben werde, werden wir es so einrichten, dass wir uns recht oft sehen können. In der Zwischenzeit werde ich durch Harrods' Haustierabteilung einen Freund bringen lassen, denn Du musst Dich noch sehr fremd fühlen in der neuen Umgebung. Alles Liebe Venetia

Das Herz wurde mir doch ein wenig schwer, wenn ich daran dachte, dass sie erst in vier Jahren zurückkommen würde, und es kam mir vor wie eine Ewigkeit. Der letzte Satz jedoch weckte meine Neugier. Ich musste nicht lange warten, und mein neuer kleiner Freund wurde uns in einem Käfig ins Haus geliefert. Es war Hodge, zu jener Zeit war er nicht größer als ein Wollknäuel, dunkelgrau, mit einem schwarzen, kaum erkennbaren Streifen von den Ohren bis zum Schwanz.

»Was ist denn das, um Gottes willen?«, rümpfte Mrs. Todd die Nase. »Etwa eine Katze? Ich kann mir einfach nicht vorstellen, dass Dr. Frazer diese Katze auch nur einen Moment lang in diesem Haus dulden wird.«

Und ich war sicher, dass sie mit dieser Prophezeiung recht hatte. Das bedrückte mich sehr, denn ich hatte mein Herz an Hodge verloren. Er hatte sich in die Beuge meines Ellenbogens gekuschelt, seine Nase gegen meine Rippen gestupst und friedlich geschnurrt. Aber wieder einmal hatte Venetia genau das Richtige getan. Sie selbst machte sich zwar nichts aus Katzen, in ihrer Nähe bekam Venetia Asthma, aber sie wusste, dass mein Vater sie liebte.

»Unsinn. Kinder sollen ruhig mit Haustieren aufwachsen«, antwortete er auf Mrs. Todds Klagen. »Es wird gut für Meg sein, sich um das Tier kümmern zu müssen. Auf diese Weise wird sie Verantwortung lernen. Abgesehen davon sind abessinische Katzen keine gewöhnlichen Katzen – sie sind viel sensibler und anhänglicher. Man braucht sie auch nicht auszuführen wie einen Hund, Katzen sind selbstständige Tiere. Nein, nein, es war schon eine gute Idee von Venetia.«

Zu meiner Überraschung hatte Vater offensichtlich den größten Respekt vor Venetia, vielleicht deshalb, weil sie so anders war als Mama. Wie ich herausgefunden hatte, war sie promovierte Soziologin und hielt an der libanesischen Universität Vorlesungen.

Von nun an war Hodge der Mittelpunkt meines Lebens. Sobald ich aus der Schule gekommen war, rannte er heraus, um mich zu begrüßen. Er buckelte seinen Rücken und streckte seinen Schwanz wie eine Flagge in die Luft und schnurrte dabei wie ein Hubschrauber. Immer war er zu verrückten Spielen aufgelegt, und nur seine zusammengerollte Gegenwart war mir ein Trost, wenn ich nachts wieder einmal von meinem entsetzlichen Traum heimgesucht wurde. Um die Erinnerung an das schreckliche Gesicht, das mir wie ein Pendel im Dunkeln entgegenschwang, wieder zu vergessen, konnte ich über Hodges weiches Fell streicheln, und er war niemals zu müde, um mir mit einem kurzen Schnurren zu antworten.

Langsam wurde alles besser, und es war niemals mehr so schlimm wie in diesen ersten Wochen.

Mein Vater brauchte sehr lange, bevor er mich akzeptieren konnte, in gewisser Weise hat er es nie getan. Wenn ich ihn jemals küsste oder ihm ein Geburtstagsgeschenk gab oder ihn bat, etwas Bestimmtes für mich zu tun, zum Beispiel mich in einer Schulaufführung auf der Bühne zu sehen, verschloss sich sein Gesicht, und es war mir, als zöge er sich vor einer zu großen Annäherung meinerseits zurück. Schließlich erkannte ich, dass es besser war, keine weiteren Zurückweisungen zu riskieren. Doch manchmal machten wir lange Spaziergänge im Park oder gingen in Konzerte oder Kunstausstellungen, an denen wir uns beide freuten. Wir witzelten während des Essens über kleine Oberflächlichkeiten wie das Wetter, das Essen, komische Neuigkeiten und einige Bücher, die wir beide gut fanden. Vater mochte Polly und George und war über meine Freundschaft zu ihnen sehr froh – manchmal dachte ich allerdings, dass er es nur deshalb so empfand, weil die beiden mich aus dem Haus holten. Er drückte auch, wenn auch zurückhaltend, seine Zufriedenheit mit meinen schulischen Leistungen aus. Und er liebte Hodge sehr, der eine viel größere Bindung zwischen uns herstellte als die Tatsache, dass wir Vater und Tochter waren. Es war ziemlich absurd, aber irgendwie fiel es uns immer leichter, miteinander zu reden, wenn Hodge im Raum war.

Das Beste in jenen Jahren war, dass Mr. und Mrs. Todd eines Tages aufhören mussten, meinem Vater den Haushalt zu führen, da Mr. Todds Arthritis so schlimm wurde, dass seine Frau sich nur noch um ihn kümmern konnte. Mein Vater fand eine neue Haushälterin, eine dicke, kleine, freundliche Frau, Mrs. Stoker. Sie und ich fanden uns vom ersten Augenblick an sehr sympathisch.

Ich hoffte, dass nun doch noch alles gut werden würde. Aber das war dann doch nicht so ganz der Fall. Mein Traum kam jetzt immer häufiger, und er wurde immer schlimmer. Manchmal während dieser depressiven Stimmung, die mich jedes Mal anschließend umgab, dachte ich, dass Vater vielleicht etwas von meinem Traum wüsste, obwohl ich mir nicht vorstellen konnte, woher er es hätte wissen sollen – und ob das vielleicht der Grund war, warum er jede engere Beziehung zu mir scheute, vielleicht dachte er, ich wäre nicht ganz normal, verrückt und unheimlich.
Unglücklicherweise zogen gerade zu jener Zeit Polly und George aus London fort. Polly wurde nach Paris geschickt, um dort die Schule zu beenden, und George meldete sich zum Militär. Ich war jetzt siebzehn und ganz verrückt danach, zu malen. Wenn ich malte oder zeichnete, konnte ich meinen Traum vergessen, meine Einsamkeit, mein unbefriedigendes Verhältnis zu meinem Vater, alles.
Mein Zeichenlehrer in der Schule half mir sehr und war ganz begeistert von meinem Talent. Aber als ich meinen Vater fragte, ob ich auf eine Kunstschule nach Paris gehen könne, um Polly nahe zu sein, lehnte er das kategorisch ab. Er hat es mir niemals erklärt, sondern es nur einfach verweigert. Ich war tief verletzt und enttäuscht.
»Aber Vater, warum denn nicht? Ich werde bestimmt nichts Unvernünftiges tun, und ich bin doch wirklich alt genug. Ich könnte ja in demselben Studentenheim wie Polly wohnen und jeden Tag in die Akade-

mie gehen. Sie sagt, dass das viele tun. Bitte, lass mich doch gehen! Warum sagst du immer nein?«

»Ich möchte nicht mehr über dieses Thema reden, Meg.«

Um ihm Gerechtigkeit widerfahren zu lassen, er hat es sofort für mich eingerichtet, dass ich eine Londoner Kunstakademie besuchen konnte. Natürlich heilte das den Bruch nicht völlig, der durch sein mangelndes Vertrauen in mich entstanden war.

Um mich von der unguten Atmosphäre, die zu Hause herrschte, abzulenken, stürzte ich mich in die Arbeit. Am meisten faszinierten mich Porträts. Ich hatte immer schon ein besonderes Interesse an Gesichtern – schon als ich ganz klein war und man mich ausschimpfte, wenn ich andere Menschen anstarrte. Die verschiedenen Nasen, Augen, Nacken- und Kinnlinien nehmen mich immer wieder aufs Neue gefangen; ich möchte ergründen, was die einzelnen Gesichtsausdrücke so unterschiedlich macht. Ich weiß heute, dass diese Faszination irgendwie mit meinem Traum verknüpft war, aber damals wusste ich das natürlich nicht.

Schon ziemlich bald fand mein Professor großes Interesse an meinen Arbeiten und ermutigte mich; er kam zu Vater, der gerade an einem umfangreichen Bericht über Bilharziose arbeitete, sprach mit ihm und schaffte es, ihm klarzumachen, dass ich talentiert genug sei, aus der Malerei sogar eine Karriere zu machen.

Und – ich hielt es zunächst vor Vater geheim, weil die

Aussichten, dass ich gewinnen würde, mir sehr gering vorkamen – er schlug mir sogar vor, mich an einem Wettbewerb zu beteiligen, der von der Schule ausgeschrieben worden war. Der Sieger würde ein dreijähriges Stipendium erhalten, mehr als genug Geld, um nach Paris zu gehen.

Ich begann mich zu fragen, ob der Grund für sein Verbot, nach Paris zu gehen, vielleicht Geldknappheit war; er sprach niemals über seine Finanzen, aber es war eigentlich die einzige Erklärung, die einen Sinn ergab. Es ging ihm gesundheitlich nicht gut, und er sprach oft über seine Pensionierung. Seit Todds nicht mehr da waren, waren die meisten Zimmer in unserem Haus verschlossen worden, und wir lebten sehr zurückgezogen.

Wie dem auch sei, ich dachte, wenn ich den Wettbewerb gewinnen würde, müssten Vaters Einwände aus dem Weg geräumt sein.

Gerade zu dieser Zeit kam Venetia nach London zurück. Ihr Lehrauftrag in Beirut war immer wieder verlängert worden – offensichtlich wussten die Libanesen genau, was sie an ihr hatten –, aber schließlich hatte sie ihnen erklärt, dass sie das Klima dort nicht länger ertragen könne und endlich wieder einen netten, feuchten, englischen Sommer erleben wolle. Sie kam nach Hause, man bot ihr eine Dozentur an der Londoner Universität an, und sie fand auch gleich ein Haus am Holland Park, das sie sich mit zwei Freunden teilte. Ihre Anwesenheit war mir ein großer Trost. Wir hatten uns zwar regelmäßig geschrieben, aber ihre Briefe waren immer sehr kurz und sachlich gewesen.

Als sie dann in London war, sah ich sie fast jeden Tag. Sie hatte mir einen großen hellen Raum als Studio eingerichtet. Es war wunderbar, endlich jemanden zu haben, mit dem ich über meine Mutter sprechen konnte. Wie sich herausstellte, war Venetia oft ziemlich entgeistert, ja betrübt über das Verhalten ihrer jüngeren Schwester gewesen, aber sie hatte sie trotz allem sehr geliebt.

»War sie wirklich so eine gute Schauspielerin?«, fragte ich sie einmal. Ich machte gerade eine Skizze von Venetia und hielt sie in einer für sie so typischen Haltung fest, wie sie in einem Sessel saß, die Füße auf einem Hocker, die Schreibmaschine auf ihren kurzen, kräftigen Beinen, den Kopf zur Seite geneigt, damit der Rauch der unvermeidlichen Zigarette in ihrem Mundwinkel ihr nicht in die Augen steigen konnte.

»Fizz war eine hinreißende Schauspielerin«, sagte Venetia schroff. »Ich habe keine Zeit für das Theater – die habe ich niemals gehabt, und es war sicher auch der falsche Beruf für sie. Sie kam eben mit viel zu viel unechten Leuten zusammen. Aber sie war sehr begabt, sie konnte in eine Rolle schlüpfen wie kein anderer Schauspieler, den ich jemals gesehen habe. Sie hatte diese Sensibilität … Du hast sie auch, aber glaube bloß nicht, dass das ein Vorteil ist.«

Ich schwieg einen Moment.

»Ralph kannst du aber nicht zu diesen Leuten zäh-

len«, wandte ich ein. »Er liebte meine Mutter und war ein sehr gutherziger Mensch.«
Venetia seufzte. »Mag sein. Natürlich hätte Fizz deinen Vater niemals heiraten dürfen. Sie und Edwin waren beide viel zu jung damals. Wenn man es aus heutiger Sicht betrachtet, war es eine ganz bedauerliche Angelegenheit. Abgesehen von einem Umstand, nämlich, dass es dich gibt. Hätte ich sonst eine reizende Nichte, die mir Tee bereitet, wenn ich heiser von meinen Vorlesungen nach Hause komme?«
Sie schenkte mir ein sehr warmes, freundliches Lächeln. Sie lächelt nicht sehr oft, denn sie zeigt nur selten ihre Gefühle, aber sie ist eine sehr aufrichtige, herzliche Person. Man spürte ihre Wärme und ihr Mitgefühl sofort. Ich überlegte ernsthaft, ob ich ihr von meinem Traum erzählen sollte. Wenn ich überhaupt darüber hätte sprechen können, wäre Venetia die einzige Person gewesen, zu der ich genügend Vertrauen hatte. Sie hatte eine Mischung von Mitgefühl und Vernunft und hätte mir sicher geholfen, mein Problem auf ein erträgliches Maß zu reduzieren. Aber es hatte keinen Sinn; nachdem ich es so lange mit mir herumgetragen hatte, war es mir einfach unmöglich, darüber zu sprechen.
All das war jedoch vor der Paris-Geschichte.
Natürlich lief ich sofort zu Venetia, als ich die fantastische Neuigkeit erfuhr. Ich hatte den Wettbewerb gewonnen! Ich konnte nach Paris gehen, um dort weiterzustudieren, und nicht nur das, ich hatte zwei meiner Porträt-Bilder verkauft, eines davon war die

Skizze »Venetia mit Schreibmaschine«. Das Geld, das ich dafür bekam, hätte ausgereicht, um davon ein halbes Jahr in Paris zu leben.
Venetia war genauso begeistert wie ich, andererseits war sie gleichermaßen skeptisch, wie Vater reagieren würde. Sie war sofort bereit, ihm die Neuigkeiten beizubringen und ihn auch von den Vorteilen zu überzeugen.
Es war ein sehr unerfreuliches Gespräch, wie ich es ja halbwegs schon erwartet hatte.
Venetia war ganz ruhig und argumentierte vernünftig, aber ich wurde immer nervöser.
Mein Vater war nicht von seiner Ansicht abzubringen, ich sei zu jung, um alleine in Paris zu leben.
»Aber Edwin, sie ist fast neunzehn«, sagte Venetia. »Die meisten Mädchen in diesem Alter leben ihr eigenes Leben, stehen schon im Beruf, manche sind sogar schon verheiratet.«
Damit hatte sie natürlich genau das Falsche gesagt. Ich sah, wie sich das Gesicht meines Vaters verschloss, aber Venetia sprach ruhig weiter:
»Meg kann für sich selbst sorgen, sie hat es mit diesen beiden Arbeiten bewiesen. Sie kostet dich keinen Pfennig Unterhalt, und du kannst nicht abstreiten, dass sie sehr hart für dieses Stipendium gearbeitet hat.«
»Es kann aber alles nur von kurzer Dauer sein«, sagte mein Vater kühl. »Doch auch wenn sie wirklich Talent hat«, er klang ausgesprochen skeptisch, »sage ich immer noch, dass sie zu labil ist, um allein in

Paris zu leben. Sie ist genauso wie …«, er biss sich auf die Lippe, um es nicht auszusprechen.
Zornig und tief verletzt sprang ich auf.
»Das ist es also!«, platzte ich heraus. »Du hasst mich, weil ich meiner Mutter so ähnlich bin, das ist es doch, oder? Du willst nicht, dass ich Erfolg habe, weil sie Erfolg hatte! Oh, du bist so gemein! Was weißt du schon von mir? Wir sind doch praktisch Fremde füreinander.«
»Es ist doch nur, weil ich genau weiß, wie der Erfolg sie verändert hat!«
»Woher willst du wissen, wie ich bin?«
»Meg, Liebes«, sagte Venetia, »hör mir mal zu …«
Aber ich hörte nicht zu. Ich rannte aus dem Zimmer und aus dem Haus auf die Straße. Durch Vaters Ungerechtigkeit fühlte ich mich schwach, und mein Selbstvertrauen war erschüttert. Wollte er sich an mir rächen, weil meine Mutter ihn vierzehn Jahre vorher verlassen hatte?
Blind vor Tränen lief ich die Straße hinunter, ohne recht zu wissen, wohin. Nach wenigen Schritten stieß ich mit jemandem zusammen, und ein Mann sagte: »Oh, entschuldigen Sie bitte. Es tut mir leid, haben Sie sich wehgetan? Lieber Himmel, das ist ja Meg!«
Ich trat einen Schritt zurück, wischte die Tränen fort und schaute zu ihm auf. Sein Arm stützte mich. Es war ein Mann mit einem Bart – nein – es war George, braun gebrannt, gut aussehend, groß, größer, als ich ihn in Erinnerung hatte.
Er starrte mich erstaunt an.

Ich versuchte zu lachen und sagte: »George, wo kommst du denn her?«
Meine Stimme zitterte noch immer.
Er schien verwirrt. »Ich komme gerade von zu Hause«, sagte er. »Ich habe beschlossen, die Uniform mit dem Anzug zu vertauschen und mein Glück in der Stadt zu versuchen. Habe ich dir nicht darüber geschrieben?«
»Nein, George, aber ich weiß ja, dass du ein hoffnungsloser Fall bist, wenn es darum geht, Briefe zu schreiben.«
»Stimmt«, gab er zu, »ich komme einfach nicht dazu. Ich weiß auch nicht, warum. – Aber Meg, lass dich anschauen. Du hast dich sehr verändert. Aus dem mageren kleinen Ding ist eine sehr hübsche junge Dame geworden. Es ist kaum zu glauben.«
»Danke«, sagte ich schwach. Ich war noch immer viel zu verwirrt, um mich durch Komplimente aufheitern zu lassen.
»Ich meine das ganz ernst.« George sah mich forschend an. »Du siehst deiner Mutter sehr ähnlich, obwohl ich ja nur Bilder von ihr gesehen habe, aber ... Sag mal, Meg, ist alles in Ordnung? Du wirkst ja ganz durcheinander, und wie du da die Straße heruntergerannt bist ...«
»Mein Vater erlaubt mir nicht, nach Paris zu gehen, um dort Malerei zu studieren. Wir haben gerade deswegen Streit gehabt, und ich bin wohl etwas aus der Rolle gefallen.«
»Der alte Tyrann«, grollte George. »Er glaubt wohl,

dass es rausgeworfenes Geld ist, seiner Tochter ein Studium in Paris zu finanzieren, und dann kommt ein junger Kunststudent daher und heiratet dich vom Fleck weg. Ich sag dir was – ich zeige dir Paris, und Polly wird als Anstandsdame dabei sein. Ich wette mit dir, dass es dein Vater erlauben wird. Ich habe bei ihm schon viel erreichen können. Also mach dir keine Sorgen.«

Ich sah, dass er nicht ganz verstanden hatte.

»Aber ich möchte dort leben und arbeiten, George.«

»Ach, vielleicht änderst du deine Meinung, wenn du es gesehen hast. Es ist längst nicht so schön wie London. Also, sei ganz beruhigt, ich bekomme die Sache schon in Ordnung. Ich habe einen guten Draht zu deinem alten Herrn. Hast du heute schon etwas vor? Nein? Wunderbar! Gehen wir zusammen essen und anschließend in eine Bar, wo wir tanzen können. Dort werden wir dann über unsere Strategie sprechen und Pläne machen.«

»Gerne«, sagte ich. Es war tröstlich zu wissen, dass George wieder da war und sich um mich kümmerte.

Ich rannte zu unserem Haus zurück. Venetia war schon gegangen, wahrscheinlich dachte sie, dass es die Dinge nicht verbessern würde, wenn sie bliebe.

Aber das Gesicht meines Vaters sprach Bände. Sicher hatte sie ihm klipp und klar gesagt, was sie über sein Verhalten dachte. Er schien bedrückt, ja er machte geradezu einen traurigen Eindruck. Hodge saß zusammengerollt und mit geschlossenen Augen auf seinem Schoß. Und ich dachte: Das einzig Tröstliche an der

Sache mit Paris ist, dass ich mich nicht von Hodge zu trennen brauche.
»George ist wieder da«, sagte ich kalt. »Ich gehe heute mit ihm aus.«
»George? Welcher George? Einer deiner Freunde aus der Akademie?« Vater war sofort wieder misstrauisch.
»Nein, George von nebenan.«
»Oh, George …« Er war sehr erleichtert. »So, ist er wieder zurück? Geh nur mit ihm aus. Ich hoffe, ihr habt einen schönen Abend«, fügte er noch etwas umständlich hinzu. Hodge drehte seinen Kopf zu mir, öffnete seine Augen zu schmalen Schlitzen und schenkte mir einen völlig unbeteiligten Blick.
Es wurde ein schöner Abend. George sprach immer wieder davon, wie sehr ich mich verändert hatte.
Dass ich das Stipendium für Paris gewonnen hatte und zwei meiner Bilder gut verkauft hatte, beeindruckte ihn sehr.
»Du bist ein ganz kluges Mädchen geworden«, sagte er so, als ob er es selber nicht glauben könnte. Er betrachtete mich, als wäre ich ein völlig unbeachtetes Ornament, das man plötzlich als ein seltenes Stück Sèvres-Porzellan identifiziert hatte.
Jahrelang hatte mich George behandelt wie ein unnützes, weibliches Anhängsel, und deshalb tat mir seine Bewunderung jetzt doppelt gut. Und an diesem Abend nach Vaters ablehnender Haltung war ich dafür auch besonders empfänglich. George war für mich immer wie ein Verwandter, und es gibt sicher nichts Netteres, als wenn die eigene Familie, die dir

zunächst keine große Beachtung geschenkt hat, plötzlich deine großartigen Talente entdeckt.
Wir waren also sehr voneinander angetan. Nach dem Essen fuhren wir in seinem Citroën nach Newland Corner hinaus und überholten jeden anderen Wagen auf der Strecke; er wirkte so vertrauenerweckend auf mich, dass ich keine Angst hatte, selbst als wir mit hundertzwanzig auf der falschen Straßenseite in die Kurve gingen. Wir schauten auf den dunklen Sternenhimmel, und dann küsste mich George. Ich brach in Tränen aus.
»Was hast du denn?«, fragte er ziemlich erschrocken. Offensichtlich hatte er so eine Reaktion noch nicht erlebt. »War es dir unangenehm?«
»Nein, nein, wirklich nicht …« Wie konnte ich ihm nur erklären, in welch komplizierte Gefühlswirren mich seine Umarmung gestürzt hatte. Vor allem, wie konnte ich das dem geradlinigen, unkomplizierten George klarmachen? Er würde nicht verstehen, worüber ich eigentlich redete.
»Nun also …«, und er umarmte mich fester, »ich kann immer noch nicht fassen, dich so wiedergefunden zu haben.«
Auch für mich war es eine glückliche Fügung, wir fuhren nach London zurück wie zwei, die gerade eine vierundzwanzigkarätige Goldader entdeckt hatten. Und zwei Wochen später gaben wir unsere Verlobung bekannt.
George wollte so bald wie möglich heiraten, aber mein Vater ließ es nicht zu – seine eigene katastro-

phale Ehe war natürlich der Grund dafür –, und dieses Mal gab ich ihm recht.

»Zum Teufel mit ihm!«, brummte George, der sonst immer gut gelaunt war und den nichts erschüttern konnte. »Ich bin mir wirklich sicher genug. Liebling, ich möchte dich endlich ganz für mich haben und dich mit Nerzen und Smaragden schmücken« – George hatte tatsächlich einen guten Start in die Geschäftswelt von London gemacht, dank einem gut platzierten Onkel – »und dich jeden Tag ins Capuce führen, um allen zu zeigen, was für eine schöne Frau ich habe!«

Ich konnte mein Glück kaum fassen, ich wurde geliebt und verwöhnt. Es war, als fielen Weihnachten, Geburtstag und alle Feiertage des Jahres zusammen, und Georges Gesicht strahlte jedes Mal, wenn er mich sah. Es war nun nicht mehr so schlimm, dass mein Vater mich nicht nach Paris hatte gehen lassen. Außerdem hatte George mir versprochen, dass wir nach unserer Hochzeit für ein Jahr in Paris leben würden. Ich war so glücklich in dieser Zeit, dass mir der Aufschub auch gar nichts ausmachte. Der Direktor der Akademie hegte große Sympathie für mich, und die Sache mit dem Stipendium tat ihm sehr leid. Deshalb verhalf er mir zu einigen Aufträgen, die schnell zu weiteren führten. Meine Arbeiten gefielen plötzlich. Man kann sogar sagen, ich wurde langsam bekannt. Ich hatte einen dicken kleinen Scheich aus Saudi-Arabien gezeichnet, ein Geschäftsfreund von George, und eine schüchterne, junge skandinavische

Prinzessin, die mit Polly auf der vornehmen französischen Schule war. Bald erschienen in einigen Zeitungen Artikel über mich, und plötzlich war ich zu meinem größten Erstaunen als anerkannte Malerin etabliert.

Natürlich hatte Polly kräftig dazu beigetragen. Nachdem sie ihre Schule beendet hatte, kam sie nach London zurück und schleppte mich durch alle Kreise der oberen Zehntausend, in denen sie sich offenbar zu Hause fühlte.

Ich gewöhnte mich daran, sie mit ihrer sanften Stimme sagen zu hören: »Das ist meine Freundin Meg Frazer. Sie wissen schon, die Meg Frazer; jeder lässt sich sein Porträt von ihr malen.«

Mein Leben machte mir nun Spaß. Und ich hatte sehr viel Arbeit, so viel, dass ich einige Aufträge ablehnen musste. Auf Monate hinaus war ich ausgebucht. Wenn ich abends ins Bett ging, tanzten immer noch Gesichter vor meinen Augen; junge, weiche Gesichter, alte, charakteristische, elegante, verschlossene Gesichter – manchmal konnte ich kaum einschlafen.

Das war das eine Problem.

Mein Vater war alles andere als begeistert von meinem Erfolg. Er ging sogar so weit, vorzuschlagen, dass wir vielleicht doch schon im Sommer heiraten sollten, anstatt wie geplant bis zum Herbst zu warten, und natürlich war George auch dafür. Aber während ich noch vor acht oder neun Monaten sofort zugestimmt hätte, zögerte ich jetzt eigenartigerweise, ich war unsicher geworden. Vielleicht wollte ich nur meine wundervolle, so angenehme Freiheit nicht gleich wieder verlieren.

George und mein Vater waren nicht glücklich darüber.

Und das war das andere Problem.

Das Schlimmste aber behielt ich nach wie vor für mich: meinen Traum. Als wir uns verlobten, kam er monatelang nicht mehr, aber jetzt schien es mir, als kehre er doppelt so oft wieder. Und ich konnte es einfach nicht über mich bringen, George davon zu erzählen. Ich konnte mir auch nicht vorstellen, wie er mir hätte helfen können. Er ging kranken oder exzentrischen Menschen aus dem Weg, sie machten ihm irgendwie Angst. Andererseits, irgendetwas musste ich unternehmen, bevor wir heirateten, oder ich würde ihm eines Tages den Schock seines Lebens versetzen, wenn ich gepeinigt von Angst neben ihm aufwachte.

Aber ich schob die Entscheidung vor mir her und wartete immer länger.

4

So verging mein neunzehnter Sommer voller guter und schlechter, lustiger und arbeitsamer Tage bis zu dem Abend, als ich während eines Spazierganges am Themseufer zu George sagte:

»Wenn wir Anfang Oktober heiraten, sollten wir uns langsam nach einer Wohnung in Paris umschauen, findest du nicht?«

»Paris?«, fragte George verständnislos.

Ich drückte seinen Arm etwas ungeduldig.

»Denk mal nach, Liebling! Eine Wohnung für uns in Paris, wenn wir verheiratet sind. Ich muss mich auch an der Kunstakademie einschreiben.«

George blieb stehen wie vom Donner gerührt.

»Das kann doch nicht dein Ernst sein! Du willst jetzt nach Paris? Jetzt, wo deine Arbeit so gut läuft?«

Er fuhr fort, mir mit Fakten und Daten zu erklären, warum es vollkommen unmöglich war, London während der nächsten zwei Jahre länger als für zwei, drei Wochen zu verlassen.

»Aber – du hast es mir doch versprochen!«, sagte ich völlig entgeistert.

»Unsinn, Liebling! In Paris leben! Du bist verrückt! Natürlich werden wir unsere Flitterwochen dort verbringen und von Zeit zu Zeit auch mal ein Wochenende. Aber dort leben kommt überhaupt nicht in

Frage. Du kannst auch hier pinseln und hast genügend Aufträge, die dich beschäftigen. Außerdem wirst du gar nicht mehr so viel Zeit dafür haben, wenn wir erst mal verheiratet sind.«
Ich gab es ziemlich bald auf, zu argumentieren. Es hatte ja doch keinen Sinn. Ich sah, dass George davon überzeugt war, mir niemals das Versprechen, nach Paris zu ziehen, gegeben zu haben. Ich war ziemlich durcheinander, und ich wusste nur, dass ich vieles überdenken musste. Es war nicht so sehr die Tatsache, dass aus Paris nun wirklich nichts werden würde, als die Entdeckung, dass mein zukünftiger Mann ganz einfach Versprechen vergaß, die nicht so leicht zu halten waren. Ich hätte es sicher vorgezogen, wenn er gesagt hätte: »Sieh mal, Liebling, es ist wirklich schade, aber meine beruflichen Möglichkeiten wären in Paris sehr eingeschränkt. Ich habe dieses Versprechen in einem Moment großer Begeisterung gegeben, und es tut mir sehr leid, dass du jetzt enttäuscht bist.«
So in etwa hätte er reagieren sollen. Zumindest wäre es ehrlicher gewesen. Es fiel mir auch auf, dass George nicht im Mindesten daran interessiert war, dass ich mit meiner Malerei weitermachte. »Pinseln!« Jawohl! Sein Enthusiasmus für mich war wie der eines Sammlers für ein seltenes Stück, ich war talentiert, so erfolgreich wie hübsch und ließ mich so wunderbar erziehen. Ja, ich wurde geformt zur vielseitigen Verwendbarkeit.
»George, werden wir viele Gesellschaften geben,

wenn wir verheiratet sind?«, fragte ich ihn, als mir das plötzlich klar wurde.
Er schaute mich erstaunt an. »Aber natürlich werden wir das! Das halbe Geheimnis der Karriere eines Mannes ist eine talentierte Frau. Warum?«
»Oh, ich wollte es nur wissen.«
»Mach dir keine Gedanken darüber, Liebling, du wirst alle Tests mit fliegenden Fahnen bestehen. All die alten Direktoren werden sich darum reißen, bei uns eingeladen zu werden.«
»George, ich bin plötzlich so müde. Ich glaube, ich werde mich jetzt in den Bus setzen und nach Hause fahren.«
»Ich ruf dir ein Taxi«, sagte George und tat es auch. Er würde den ersten Preis gewinnen, wenn es darum ginge, wer am schnellsten ein Taxi bekam.
»Ja, du siehst wirklich ein bisschen erschöpft aus«, fügte er noch besorgt hinzu. »Du solltest es dir leichter machen und nicht mehr so viel malen, weißt du.«
So fuhr ich nach Hause und ging ins Bett, aber ich schlief sehr schlecht.
Dieses Mal wachte ich schreiend auf. Es dauerte ungefähr zehn Minuten, bis ich wieder ganz bei mir war. Die Lähmung, die ich nach diesem schrecklichen Traum empfand, ließ langsam nach, aber ich hatte immer noch das Gefühl, keine Luft zu bekommen, eine schwache Erinnerung an Schmerz und einen Fall. Das Gesicht sah ich genau vor mir, scharf, mit allen Einzelheiten.
»Das ist unerträglich«, stammelte ich heiser und zit-

ternd, ohne recht zu wissen, dass ich das sagte. Komischerweise beruhigte es mich, als ich realisierte, dass es wirklich so war. Die Sache konnte einfach nicht so weitergehen. Es musste etwas geschehen.
Ich streckte mich, setzte mich auf und spürte, wie meine Muskeln sich langsam entkrampften. Das Schlimmste war immer das Erwachen. Es kam mir so vor, als hätte mein anderes Ich, vor Entsetzen und Schrecken erstarrt, verzweifelt versucht, aufzuwachen. Und ich konnte nicht zu ihm durchdringen und ihm helfen. Es musste allein ans Tageslicht zurückfinden.
Eine kalte Dusche half mir, wieder zu mir zu kommen. Zumindest wusch sie Tränen meines anderen Ichs fort.
Hodge, der mein Bett beim ersten Sonnenstrahl, der durch das Fenster leuchtete, verlassen hatte, streckte und räkelte seinen kleinen goldbraunen Körper, kam mit aufrechtem Schwanz zu mir und strich mir um die Beine. Ich setzte mich in den Sessel am Fenster und zog die Beine an. Es war früh am Morgen, noch Stunden bis zum Frühstück, ich schaute auf die Straße hinaus und sah den Milchmann, wie er seine Milchflaschen vor jedes Haus stellte.
Ich erinnerte mich an den ersten Morgen in diesem Haus. Oberflächlich betrachtet war es heute ganz anders als damals: Ein schöner Septembertag, auf dem Rasen vor dem Haus glitzerten die Tautropfen, und die Dahlien leuchteten in voller Blüte. Ich redete mir ein, dass der Traum nur von der Nervosität vor

der Hochzeit herrührte. Jeder Arzt würde mir das bestätigen.
Hodge sprang auf meinen Schoß, schnurrte leise und wollte gekrault werden. Er war jetzt schon zehn Jahre alt und benahm sich langsam wie ein Erwachsener. Nur manchmal vergaß er sich und sprang umher wie ein Zweijähriger.
Ich hatte natürlich gar nicht die Absicht, zu einem Arzt zu gehen. George hätte es sicher nicht gerne gesehen. Schließlich gab es ja einen Arzt in der Familie, und solange dem nichts auffiel ...
Als ich schließlich nach unten ging, hatte mein Vater schon gefrühstückt und war in sein *British Medical Journal* vertieft. Er bemerkte gar nicht, dass ich kaum etwas aß. Sein Wochenendkoffer stand gepackt neben der Tür, und mir gab es einen kleinen Stich, als ich mich daran erinnerte, dass er wieder einmal zu einer seiner medizinischen Tagungen fuhr und mich in dem großen Haus allein ließ. Seit die Tochter von Mrs. Stoker geheiratet hatte und in die Nähe gezogen war, wohnte sie nicht mehr bei uns.
»Wo ist es denn dieses Mal – Bristol?«
»Liverpool.«
Er sah mich über den Rand seiner Zeitschrift abwesend an. »Gut – wir sehen uns am Dreißigsten«, fügte er noch hinzu, kramte seine Papiere zusammen und stand auf. In Gedanken war er schon ganz woanders.
»Vergiss nicht, dass wir am Sechsten heiraten.«
»Meine liebe Meg, das werde ich wohl kaum vergessen, denke ich.«

Er hatte einen ziemlich erleichterten Unterton in der Stimme. Dann fragte er betont interessiert: »Siehst du George heute noch?«
Ich nickte. »Ja, heute Abend und auch zum Mittagessen. Er holt Polly und mich im Atelier ab.«
»Grüß ihn bitte von mir«, sagte Vater. Ich dachte – und lächelte dabei in mich hinein –, dass Vaters Einverständnis mit George schon ganz einfach dadurch demonstriert wurde, dass er keinerlei Skrupel hatte, mich allein im Haus zu lassen. Jeder Freund hätte so eine Situation ausgenutzt, nur George mit Sicherheit nicht. Nicht der verlässliche, verbindliche, gut erzogene George.
Nachdem ich drei Tassen schwarzen Kaffee getrunken hatte, lief ich quer durch den Park zu Venetias Haus. Hodge wollte auch mitkommen.
»Du weißt, dass sie Asthma bekommt, wenn du in der Nähe bist«, sagte ich und sperrte ihn ein. Er sah mich noch einmal vorwurfsvoll an. Venetia war in ihrem Garten und jätete Unkraut. Sie schaute mich an und sagte: »Meggie – wie siehst du denn aus? Geht es dir nicht gut?«
»Doch, doch, es ist alles in Ordnung«, sagte ich. »Ehrlich.«
»Du siehst aber gar nicht gut aus. Soll ich nicht lieber Polly anrufen und ihr sagen, dass sie heute nicht kommen soll?«
»Nein, nein. Ich möchte heute malen. Abgesehen davon, sie ist schon da.«
Vor dem Haus hielt ein Taxi, und Polly entschwebte

ihm in einem ziemlich albernen, rosaroten Rüschenkleid.
Sie ging ins Atelier und setzte sich auf den Modellstuhl. Und ich malte weiter an dem Bild, das das Brautgeschenk an den Bräutigam werden sollte. George liebte seine Schwester sehr, behandelte sie jedoch so, als sei ihr Altersunterschied fünfzehn Jahre und nicht fünf.
Venetia schaute mich besorgt an und ging dann einkaufen, nicht ohne zu bemerken, dass sie nach dem Lunch zurück sei und dann mit mir sprechen müsse.
»Vielleicht wird sie dich aufklären wollen«, kicherte Polly.
»Bleib still sitzen, du hast dich bewegt«, sagte ich ernst, aber sie grinste mich nur frech an. Ihre Albernheit war auch wieder tröstlich.
»Macht dir der Gedanke, bald verheiratet zu sein, eigentlich Angst?«, fragte sie plötzlich. »Mir würde es schon so gehen, besonders mit George.«
Pollys Heldenverehrung war nicht mehr so groß wie früher.
»Er bringt nachher eine Liste der Geschenke mit, die ihr bekommt. Tante Emma schenkt euch eine silberne Gebäckschale. Du könntest aber auch deinen Schmuck hineinlegen oder den Katzenkuchen für Hodge. Übrigens, du wirst wahrscheinlich wegen Hodge Ärger bekommen, wenn du erst verheiratet bist. George mag keine Katzen. Er will einen Bernhardiner.«
»Nun, wir werden uns schon irgendwie einigen«, sag-

te ich. Ich hatte schon genug Probleme, ich konnte mich nicht noch über ein weiteres aufregen.
Dann erschien George in seinem Citroën, er war noch ganz aufgeregt von der Börse. Er küsste mich und sagte zu Polly, dass sie Farbe an der Nase habe und aussehe wie ein Gassenjunge. Auf diese indirekte Weise kritisierte er aber eigentlich mich und gab mir zu verstehen, dass ich mich umziehen sollte. Es war ihm unmöglich, mich selbst darauf anzusprechen.
Polly fühlte sich natürlich angegriffen und schmollte, während ich mich umzog. An Georges Blick auf seine Armbanduhr merkte ich, dass er es wieder eilig hatte.
So war der Lunch auch ziemlich gehetzt, und wir tauschten nur ein paar Belanglosigkeiten aus. George musste sofort in seine Arena zurück, jedoch nicht ohne mir schnell ein kleines Päckchen in die Hand zu drücken.
»Der Ring«, sagte er.
Er hatte mir damals vor einem Jahr keinen Verlobungsring geschenkt, weil sein Vater eine Versicherung abgeschlossen hatte, die acht Monate später fällig war. Da wir sowieso ein Jahr warten mussten, bevor wir heiraten konnten, hatte er gesagt, dass wir uns auch Zeit lassen könnten, bis er einen anständigen Ring kaufen konnte. So hatte ich in der Zwischenzeit einen hübschen kleinen Ring mit Perlen und einem Opal getragen, der seiner Großmutter gehörte.
Ich öffnete das Kästchen. Darin war ein schmaler

Ring mit einem riesigen Stein, der aussah wie ein Stück Ochsenherz.
»Du sagtest doch, dass du Rubine liebst, nicht wahr?«, sagte George. Ich fühlte plötzlich eine zärtliche Regung für ihn, weil er endlich einmal einen Fehler gemacht hatte. »Nun – eigentlich … ich mag Topas oder Granaten auch …«
»Rubine sind wertvoller«, betonte George.
»Aber nicht zu meinem Haar«, sagte ich sanft.
»Schätzchen, den kann sie unmöglich tragen, nicht solch ein Rotschopf wie Meg!«, platzte Polly heraus.
George schaute gehetzt auf seine Uhr und sagte hastig: »Aber natürlich kann sie das – er ist wunderschön, außerdem habe ich jetzt keine Zeit, mich länger damit abzugeben.«
Er bezahlte die Rechnung und rief uns ein Taxi. »Ich sehe euch ja heute Abend«, sagte er. »Ich hole euch um Punkt sieben ab.«
Wir wollten ins Theater gehen.
Als ich wieder zu Venetia kam, fühlte ich mich keineswegs wohler als am Morgen. Sie machte einen Krug Eistee und streckte sich auf einem Liegestuhl unter einer Platane aus. Ich setzte mich neben sie ins Gras. Sie legte das Buch, das sie las, zur Seite und sah mich forschend an.
»Du kannst es ruhig sagen: glaubst du einen Fehler zu machen, wenn du George heiratest?«
»Ach nein«, sagte ich. »Ich kann es mir doch gar nicht mehr leisten, so etwas zu denken. Die Vorbereitungen sind doch schon viel zu weit fortgeschritten.

Nein, es hat eigentlich nichts mit George zu tun. Ich habe nur so einen furchtbaren Traum, der immer wiederkehrt.«

Es entstand ein langes Schweigen. Venetia schaute mich an und wartete. Sie war eine außerordentlich starke Persönlichkeit; bei Gelegenheiten wie dieser wurde es mir immer wieder klar.

Ich wusste nicht, wie ich anfangen sollte, es ihr zu erklären; es war, als wollte ich eine Seeschlange mit einer einfachen Angel fangen.

Schließlich holte ich tief Luft und sagte:

»Es klingt sicher ganz albern, wenn ich es dir sage.«

Ich goss mir ein Glas Tee ein. Venetia wartete. »Es ist ein Traum, den ich schon seit Jahren habe – schon seit ich klein war. Er kommt so alle drei Monate – aber seit Kurzem kommt er jede Woche, und das ist kein Witz ...«

»Deine momentane Nervosität vor der Hochzeit verschlimmert es natürlich«, sagte Venetia. »Aber was ist das für ein Traum, erzähl mal.«

»Er ist nicht lang. Ein ganz normaler Albtraum, denke ich. Zuerst stehe ich an einem tiefen Abgrund und falle hin, der Boden bröckelt ab neben mir, und ich versuche noch, mich zu halten, ich rutsche ab und weiß, dass ich am Ende doch falle und mich sehr verletze.«

»Unsicherheit«, sagte Venetia und klappte das Buch zu. »Eine auseinandergebrochene Familie, deine Mutter starb, als du erst neun warst. Es ist eigentlich alles klar.«

»Aber das erklärt nicht das Ende des Traumes.«
»Da ist noch mehr?«
»Ja, das Schlimmste kommt noch. Nachdem ich den Abgrund hinuntergefallen bin – ich spüre es ganz genau von oben bis unten –, wird alles noch viel beängstigender. Mein ganzer Körper ist zerschunden, ich werde irgendwo hingebracht, wo es ganz dunkel ist, bis auf ein dämmriges kleines Licht. Ich weiß, dass etwas Schlimmes passieren wird. Da ist ein Gesicht, das aus der Dunkelheit auf mich zukommt. Und dann … dann geschieht etwas.«
»Was?«
»Ich weiß es nicht. Ich kann mich hinterher nicht mehr daran erinnern.«
»Sprich doch mal mit einem Psychiater«, schlug Venetia vor.
»Was meinst du wohl, was George dazu sagt? Du weißt doch, wie er auf alles, was mit Krankheit zu tun hat, reagiert.«
Venetias Gesicht war ausdruckslos. »Alle Träume haben eine rationale Basis in früheren Erfahrungen«, sagte sie. »Du musst versuchen, dich zu erinnern.«
»Mich daran erinnern, wie ich irgendwo abgestürzt bin und an dieses schreckliche Gesicht? Man sollte doch denken, dass ich das auch ohne Hilfe eines Psychiaters kann.«
»Nein, warte mal, du hattest einen Unfall – du bist wirklich von einer Klippe gestürzt, als du fünf Jahre alt warst, erinnerst du dich nicht? Als du mit Fizz in Penleggan warst.«

»Penleggan? Wo liegt denn das?«
»In Cornwall.«
»Cornwall?« Ich sah sie verständnislos an. »Ich bin doch niemals in Cornwall gewesen.«
»O doch, ich weiß genau, dass du dort warst. Ich war im Mittleren Osten und leitete ein Flüchtlingslager, das war noch, bevor ich den Job in Beirut angenommen hatte. Ich erinnere mich, wie Fizz geschrieben hat, dass du gestürzt seist und dich verletzt hättest.«
»Vater müsste sich doch daran erinnern, oder?«
»Nun, damals lebten sie schon in Scheidung. Sie wird ihm nichts erzählt haben, vermute ich.«
Der Abend im Theater verlief unerfreulich, George ärgerte sich über meine Reaktion auf seinen Ring und verkündete zu allem Übel, er wolle Hodge während unserer Flitterwochen in ein Tierheim geben.
So ging ich vorzeitig nach Hause, und aus einem inneren Bedürfnis heraus buchte ich ein Zimmer in einer kleinen Pension in Penleggan.

5

So kam es also, dass Hodge und ich mit dem großen Gefühl von Freiheit und heimlichem Abenteuer um halb ein Uhr nachts auf der Autobahn gen Westen fuhren. Um diese Zeit gab es kaum Verkehr.

Jetzt, da ich eine Entscheidung getroffen hatte, hatte ich keine Eile mehr. Ich fuhr ganz langsam, niemals schneller als achtzig Stundenkilometer. Gegen neun – wir waren inzwischen in Devon angekommen – hielt ich in einem kleinen Ort und kaufte Brötchen zum Frühstück. Außerdem schickte ich zwei Telegramme ab, eines an Venetia: »Bin deinem Rat gefolgt, fahre nach Penleggan.« Und eines an George: »Mache einen kurzen Urlaub in Cornwall, werde dich anrufen.« Ich gab keine Adresse an, weil ich nicht gescholten werden wollte. Sollte er sich doch an Venetia wenden und von ihr versuchen herauszufinden, wo ich war.

Nach dem Frühstück fühlte ich mich sehr müde, aber trotzdem glücklich. Ich bog von der Straße ab und fuhr einen Schotterweg hinunter, fuhr durch ein Tor direkt in ein Stoppelfeld hinein. Ich zog eine Decke und ein Kissen aus dem Auto und legte mich auf einen der großen Heuhaufen. Hodge rollte sich neben mir zusammen, und zwei Minuten später war ich fest und tief eingeschlafen.

Als ich erwachte, fühlte ich mich ausgeruht und entspannt. Ich schaute auf meine Uhr und konnte es kaum glauben, ich hatte tatsächlich mehr als sechs Stunden geschlafen. Es war schon nach vier. Ich fuhr jetzt schneller, und die grünen Hügel von Devon wurden abgelöst von baumlosen Feldern, je näher ich Cornwall kam. Die Landschaft war öde und verlassen. Wind und Wasser hatten sie auch geprägt.
Ich konnte mir kaum vorstellen, dass meine fröhliche, lebenslustige Mutter freiwillig in diese verlassene Gegend gekommen war, um Ferien zu machen, aber sie wollte ja jede Publicity vermeiden, hatte Venetia gesagt.
Wie auch immer, der kleine Ort Penleggan lag versteckt in einer kleinen Bucht zwischen den Felsen, und als ich langsam die Straße hinunterfuhr, war ich froh, eine Vegetation an diesem vergleichsweise geschützten Ort zu finden: Ginster, Dornenbüsche und schließlich Bäume.
Ich fuhr an einigen weiß getünchten Häusern vorbei, an einem Bungalow und an einigen größeren Häusern. Dann wurde die Straße plötzlich viel steiler, ich fuhr durch eine Haarnadelkurve rechts und dann durch eine linke und fand mich plötzlich auf dem Marktplatz von Penleggan.
Ein halbes Dutzend dieser kleinen, weiß getünchten Häuser, eine Kaimauer und die kleine Hafenkneipe am Ende der Straße. Ein lang gestrecktes Gebäude stand hinter dem kurzen Pier. Hervorspringende Klippen umschlossen den winzigen Hafen. Ich erin-

nerte mich daran, sie auf der Postkarte, die meine Mutter an Venetia geschrieben hatte, gesehen zu haben. Ansonsten kam mir dieses Dorf alles andere als bekannt vor. Ich fühlte sogar eine gewisse Abneigung dagegen. Ich wäre bereit gewesen, jeden Eid zu schwören, diesen Ort noch niemals in meinem Leben gesehen zu haben. Kein Mensch war zu sehen, das Dorf schien vollkommen leer zu sein.

Es war Ebbe, und die flachen Wellen rollten langsam gegen die Steine vor dem Hafen. Ich sah, dass einige Häuser tatsächlich leer waren, mit zerbrochenen Fensterscheiben und offenen Türen. Ein verrottetes Boot lag im grünen Wasser des Hafenbeckens. Penleggan war tot.

Aber zumindest wusste ich, dass das Hotel Trevelyan Arms einen Wirt hatte, mit dem ich ja schon telefonisch gesprochen hatte. Leicht unbehaglich und mit einem plötzlichen Hungergefühl wendete ich den Wagen und fuhr die steile Straße hinauf zu dem Gasthaus.

Eine Stunde später fühlte ich mich schon viel besser. Eier mit Speck, starker Tee und Schlagsahne hatten mir gutgetan. Hodge hatte währenddessen eine Büchse Ölsardinen verspeist (niemand schien hier im Land der Sprotten je von frischem Fisch gehört zu haben).

Ich fragte den Besitzer, Mr. Vosper, ob er 1954, als meine Mutter in diesem Gasthaus übernachtet hatte, hier gewesen sei? Nein, erwiderte er, damals habe das Pub noch seinem Vater gehört und er selbst sei erst siebenundfünfzig aus der Armee entlassen worden. Er bedaure es sehr, dass er jemals wieder in dieses gottverlassene Dorf zurückgekehrt sei, wo man lebendig begraben sei. Er sah ganz danach aus: dünn, dunkel, ausgemergelt, mit traurigen Augen und trübem Blick. Aber wenn ich wolle, fügte er hinzu, würde er mir das alte Gästebuch holen; vielleicht fände ich den Namen meiner Mutter darin. Ich wollte, und er brachte mir ein dickes, blaues Buch. Dann entschuldigte er sich, an der Bar wartete ein Gast.

Ich blätterte zurück: steife, beschmierte Seiten, bis ich an die Stelle kam, wo sich die Gäste von vierundfünfzig eingetragen hatten. Ich suchte sogleich nach Frazer. Ich hatte nie daran gedacht, dass Mutter inkognito hier gewesen sein konnte, bis ich auf den Namen Smith stieß: Das war eindeutig ihre zierliche, schnörkelige Schrift. Sie wollte sich wohl vor der Presse schützen oder vor dem Scheidungsanwalt, denn obwohl nicht sie die Scheidung eingereicht hatte, sondern mein Vater, ließ sich Ralph gerade von seiner Frau scheiden. Die ganze Sache damals war unnötig konfus gewesen, hatte sich Venetia seufzend erinnert. Jedenfalls war Mrs. Smith, London, zweifellos in Mutters Handschrift geschrieben. Einen weiteren Beweis lieferte das MEG unter ihrem Namen in großen, staksigen Lettern.

Ich starrte verwirrt und fasziniert zugleich auf die Seite mit dem Gefühl, es müsste dadurch eine Kette von Erinnerungen ausgelöst werden. Aber nichts dergleichen geschah. Mein Kopf blieb völlig leer.

»Gefunden, wonach Sie gesucht haben?«, fragte Mr. Vosper liebenswürdig, der mit einem Tablett in der Hand zurückkam.

»Ja, danke. Wir haben im September vierundfünfzig hier Ferien gemacht.«

»September vierundfünfzig?« Er überlegte. »Aber das war doch …«

»Walter!«, rief seine Frau von der Küche. »Beeil dich, ich brauch das Tablett.«

»Ich komm ja schon.« Er eilte davon.

Ich beschloss, auf Entdeckungsreise zu gehen, bevor es dunkel wurde. Die Sonne war schon untergegangen, aber der Himmel über dem Dorf zeigte noch einen letzten blassroten Schimmer. Das Bild erinnerte an eine Theaterkulisse, umrahmt von steilen Felsen. Hodge war nach seinem opulenten Mahl auf meinem Bett eingeschlafen. Also ging ich allein.

»Gibt es hier auf dieser Seite einen Weg, der die Felsen hinaufführt?«, fragte ich einen bärtigen Alten, der langsam in Richtung Pub schlurfte.

Er schaute mich eine Weile schweigend, voller Überraschung an – Fremde waren in Penleggan offensichtlich eine Seltenheit. Dann antwortete er: »Oh … eh … Ja, aber is halt nur ein winziger Pfad, so einer wie der, der zu Mr. Trevelyans Haus führt.« Er zeigte nach oben; und ich sah, dass das, was ich zunächst für einen Felsvorsprung auf dem Gipfel des Berges gehalten hatte, der sich schwarz gegen den rötlichen Abendhimmel abhob, in Wirklichkeit ein großes Haus war. Während ich es betrachtete, ging hinter einem der Fenster ein Licht an, gelb wie die Augen einer Katze.

»Ist das kein Privatweg?«

»O nein, mein Fräuleinchen, er führt nach Padstow rauf, über die Klippen, am Eierbecher des Teufels vorbei, is halt nur ein Pfad.«

»Kann man mit dem Wagen hinauffahren?«, fragte ich und dachte, man müsse von dort eine herrliche Aussicht haben. Was meinte er wohl mit Eierbecher des Teufels?

»Schon«, sagte er nach abermaligem reiflichem Überlegen, »aber das wär ganz schön teuflisch für die Reifen. Man würd's auf eine Panne anlegen.«

Ich ging also zu Fuß.

Bis zu dem Haus auf den Klippen war der Weg geteert und relativ gepflegt, danach verschlechterte sich der Zustand. Ich hielt an, um Atem zu schöpfen – der Pfad war ziemlich steil – und um mir das Haus anzusehen. Eine Landzunge endete hier, an ihrem südlichen Ende befand sich eine bewaldete Senke. Das Haus schmiegte sich geradezu in diese Landschaft, von unten hatte ich es für ein modernes Haus gehalten. Jetzt, gegen den Himmel, erkannte ich die unverwechselbare Silhouette der Schornsteine des sechzehnten Jahrhunderts mit ihren Strebepfeilern als Stütze für die Steine. Falls die Trevelyans immer dort gelebt hatten, war es vielleicht ihr Herrensitz – daher auch der Name des Pubs. Der Pfad säumte das Grundstück ein und kam dann wieder zum Ausgangspunkt zurück. Ich folgte ihm, nahm mir aber vor, in spätestens zehn Minuten wieder umzukehren. Ich hatte nicht die Absicht, mich im Dunkeln in dieser fremden Gegend zu verlaufen. Besonders nicht auf *diesen* Klippen. Aber es wäre schön, einen Blick auf das Meer zu werfen, das ich schon hören und riechen konnte, dessen salziger Geschmack mir auf der Zunge lag. Hier vom Gipfel aus sah man über dem Land noch einen letzten Silberschein der untergegangenen Sonne, widergespiegelt von Meer und Himmel.

Der Pfad wurde steiler, das Klatschen der Wellen gegen die Felsen deutlicher, kurz darauf sah ich weiße Gebilde durch die Luft fliegen. Möwen? Flocken von Distelwolle? Schnee konnte es nicht sein in dieser Jahreszeit, und für Möwen waren sie zu klein. Dann erkannte ich, dass es Schaumbälle waren – so groß wie meine beiden Fäuste zusammen –, die offensichtlich vom Fuß der Klippen heraufgeblasen wurden. Gras und Ginster waren über und über bedeckt mit ihnen – seltsame, schimmernde, gewichtlose Pilze. Ich fing einen davon auf, er schmolz sofort in meiner Hand und hinterließ nichts als etwas Sand.

Die zehn Minuten mussten fast um sein, ich ging schneller. Der Pfad ging nun steil bergab, zur Seeseite hin durch eine niedrige Mauer geschützt. Und jetzt sah ich zum ersten Mal den Eierbecher des Teufels.

Früher einmal musste hier ein gewaltiger Erdrutsch stattgefunden haben, nicht auf der Vorderseite der Klippen, sondern etwas mehr landeinwärts. Wahrscheinlich hatten die Wellen im Laufe der Jahrhunderte eine Höhle in den Felsen gefressen, und dann war das Dach der Höhle eingestürzt und hatte einen riesigen Schacht hinterlassen. Ich schaute hinunter in das dunkle Loch und konnte hören, wie das Wasser unten gegen die Steinwände klatschte; sehen konnte ich nichts. Es existierte also eine Öffnung zum Meer hin, und von hier kamen auch die Schaumbälle. Es war wirklich eindrucksvoll! An der Seeseite des Schachts befand sich lediglich eine niedrige Steinmauer, mit Rasen bedeckt, und direkt gegenüber – es sah aus wie Terrassen und gepflegte Beete – waren zweifellos die Gärten der Trevelyans.

Ich war froh, Hodge nicht mitgenommen zu haben. Schon als er noch ganz klein war und ein unverbesserlicher Abenteurer, hatte ihn in allzu großer Höhe Panik erfasst: Starr vor Schreck miaute er kläglich, bis ihm jemand – meistens ich – zu Hilfe kam. Ich machte mir auch nicht allzu viel aus dem Eierbecher des Teufels, also ging ich schnell weiter, bis ich das Meer erblickte, das sich majestätisch zwischen zwei Küsten erstreckte.

Nachdem ich der Schönheit der Landschaft genügend Ehre erwiesen hatte, machte ich mich – den Blick stur geradeaus gerichtet – eilends auf den Heimweg. Das Dorf war ebenso ausgestorben wie am Tage, aber die vier Gaslaternen gaben mit ihrem diffusen Licht der ganzen Szenerie einen gewissen melancholischen Charme. Ich schlenderte am Kai entlang auf das Pub zu und schmiedete Pläne für morgen.

Vor einem der beiden leeren Sommerhäuser stand eine schlanke Trauerweide. Die Art und Weise, wie sich ihr Schatten auf den schmutzig weißen Wänden bewegte – oder war es das Licht? weiß der Himmel, was auch immer –, bewirkte bei mir einen seltsamen Schock. Ich erinnerte mich ganz plötzlich voller Schrecken: Dieses Haus habe ich schon einmal gesehen, ich bin durch diese Tür gegangen, ich habe durch diese Fenster geschaut.
Es war eine Mischung aus Vertrautheit und Bedrohung, was ich fühlte. Feigheit drängte mich zum Gasthaus, eine heiße Milch zu trinken und mich in ein Buch zu vertiefen; aber Neugierde – und vielleicht Stolz – bekämpften diesen Impuls. Ich war schließlich hierhergekommen, um verlorene Erinnerungen auszugraben. Was hatte es also für einen Sinn, beim ersten Hindernis zu kneifen? Vielleicht hätte ich länger gezögert, doch da stieß etwas gegen mein Bein, sanft und fordernd: Es war Hodge. Er war von seinem Nickerchen aufgewacht und begrüßte mich begeistert, indem er seinen muskulösen Körper an mich schmiegte. Unsinnigerweise gab mir seine Gegenwart Mut: Ich ging auf das leere Sommerhaus zu. Hübsche, kleine Erkerfenster starrten mir augenlos entgegen. Alle Scheiben waren zerbrochen. Bei näherem Hinsehen bemerkte ich, dass der Putz moderig war und abbröckelte. Die Tür – zweiteilig wie bei einem Stall – war kaputt. Die obere Hälfte hing noch in den Angeln, die untere baumelte zur Seite.
Mit einem Gefühl von jetzt oder nie tauchte ich un-

ten durch die Öffnung und trat ins Dunkle. Hodge sauste an mir vorbei.
Ich musste eine bis zwei Minuten stehen bleiben, um mich an die Dunkelheit zu gewöhnen, aber ich spürte, dass der Raum, in dem ich mich befand, nicht sehr groß war. Mit ausgestreckten Händen machte ich ein paar vorsichtige Schritte nach vorn und betastete die Rückwand, die anscheinend mit vielen kleinen Regalen bedeckt war, wie man das früher in alten Dorfläden fand. Wie lange stand dieses Haus schon leer? Eine ganze Weile, nach dem Modergeruch zu schließen.
Während ich mich weiter vorwärtstastete, wäre ich vor Schreck fast in Ohnmacht gefallen, als plötzlich etwas Hartes meine Hand berührte und, als ich instinktiv losließ, gleich darauf zurückschnellte. Mein Herz klopfte bis zum Hals. Nachdem ich mich etwas beruhigt hatte, erkannte ich, dass ich gegen einen Schaukelstuhl gestoßen war. Ich verfluchte meine schwachen Nerven und ging zu einem der Fenster, durch das schwaches Licht schien. Die Fensterbank war wahrscheinlich zentimeterdick mit Staub bedeckt. Aber was machte das schon? Ich hatte weiche Knie und setzte mich.
Und augenblicklich erinnerte ich mich.
Ich konnte jetzt die Umrisse des kleinen Zimmers erkennen (Hodge war inzwischen auf der Jagd nach Beute), und die Konturen des Schaukelstuhls hoben sich gegen das schwache Licht ab. Er war immer noch in Bewegung.

Über allem war die Erinnerung an meine Erlebnisse von damals vor vierzehn Jahren: *Ein Raum mit verschlossenen Türen und dunkel, nur ein kleines Licht brannte.* Auf dem Regal stand eine Öllampe – schwaches, orangerotes Licht. Und in dem Schaukelstuhl saß ein Mann.

Deshalb also bewegte sich das Gesicht hin und her …

Ich hatte Schmerzen. Mein Kopf blutete. Mein Bein war gebrochen (mein Bein, das mich bei feuchtem Wetter schmerzte, ich hatte mich oft darüber gewundert), Mutter war fort, um Hilfe zu holen. Ich war gestürzt – schlimm gestürzt. Dies hier war das nächste Haus, und irgendwie hatte sie mich hierher getragen, hatte mich allein gelassen, um das nächste Telefon zu suchen.

Warum hatte nicht die Person im Schaukelstuhl Hilfe geholt?

Ich wusste die Antwort darauf fast schon, bevor ich die Frage formulierte: Sie enthielt einen der Hauptgründe für das Entsetzliche der ganzen Situation: Die Person in dem Schaukelstuhl war *nicht fähig, sich zu bewegen.* Ich lag hilflos auf meiner Bank, er saß hilflos in seinem Stuhl; gleich würde etwas Schreckliches passieren …

Plötzlich konnte ich den Ort nicht länger ertragen. Ich war so nervös, dass ich fast in Ohnmacht gefallen wäre, als ein winziges Tier, gefolgt von Hodge, an mir vorbeihuschte. In diesen alten Sommerhäuschen am Kai wimmelte es vermutlich von Ratten. Ich sprang auf, rief Hodge und tappte zur Tür, stolperte über ein

morsches Brett, fasste mich wieder, tauchte unter der Tür durch und rannte, rannte. Hodge sprang hinter mir her, mit hoch erhobenem Schwanz, in bester Laune.
Das Trevelyan Arms mit seinen hellen Fenstern und lauten Stimmen kam mir vor wie ein Hafen der Sicherheit. Während Hodge weiterlief, auf der Suche nach neuen Abenteuern, steckte ich den Kopf zur Tür hinein, um Mr. Vosper zu fragen, ob er mir vielleicht eine heiße Milch mit Rum machen könne.
Erst da fiel mir auf, dass ich möglicherweise ein wenig seltsam aussah: bleich und ängstlich, vermutlich mit Staub und Spinnweben im Haar.
Mr. Vosper war ganz offensichtlich dieser Ansicht. Er schaute mich prüfend an und fragte: »Geht es Ihnen nicht gut, Miss? Verzeihen Sie, dass ich frage, aber Sie sehen aus, als hätten Sie ein Gespenst gesehen.«
»Doch, mir geht's gut, danke. Nun, ich habe mich etwas erschrocken, es war meine eigene Schuld. Ich habe mir eines dieser leeren Sommerhäuser angeschaut, und ein Tier – ich glaube, es war eine Ratte – ist mir über die Füße gelaufen. Ich kann Ratten nicht ausstehen, sie versetzen mich immer in Panik.« Nicht ganz die Wahrheit. Aber es war eine gute Entschuldigung.
»Jaja«, sagte einer der drei Gäste an der Bar, ein weißhaariger Mann, der aussah wie ein Gnom. »Penleggan is voller Ratten.«
»Könnt' man fast für wissenschaftliche Zwecke nutzen, dann hätt'n wir hier Labore oder so was«, kom-

mentierte ein anderer Mann – untersetzt, dunkler, mit einem glänzenden, ausdruckslosen Gesicht – eine düstere Erscheinung.
Mr. Vosper lachte zynisch auf. »Hier, am Ende der Welt? Dass ich nicht lache! Es sei denn, du bekommst deinen Alten dazu, seine Freunde in der Regierung dazu zu überreden.«
Der dunkle Mann lächelte gezwungen über das, was offensichtlich ein Spaß sein sollte, schüttete sein restliches Bier herunter und ging. Der kleine weißhaarige Mann schaute auf die Uhr und bemerkte: »Zeit zum Schlafen für mich, sonst kriegt ihr morgen keine Briefe, meine Hübschen …« – eine Bemerkung, die ich nicht ganz verstand –, und damit verließ auch er den Raum.
Jetzt war nur noch ein Gast da. Während ich meine Hände am Kamin wärmte und Mr. Vosper meine Milch warm machte, beobachtete ich ihn unauffällig. Er war noch jung, etwas älter als ich, aber nicht viel älter als fünfundzwanzig, mit erstaunlich hellen Augen und dichtem, braunem Haar. Er kam mir irgendwie bekannt vor; vielleicht hatte ich ihn in irgendeiner Zeitschrift gesehen? Er sah nicht wie ein Einwohner von Penleggan aus, und doch hatte er, als ich hereinkam, mit den anderen Männern wie mit alten Bekannten geredet. Und als Mr. Vosper mir meine Milch mit Rum brachte, unterhielten sie sich mit gedämpften Stimmen über etwas, worüber sie offenbar schon vorher gesprochen hatten.
»Er wird nie nachgeben«, meinte Mr. Vosper gerade

verdrießlich. »Ich bleibe hier, bis der Mietvertrag ausläuft, weil sich keine Menschenseele findet, die das hier übernimmt. Aber wenn der Tag gekommen ist, in drei Jahren, seh'n Sie mich hier nicht mehr. Es gibt im ganzen Dorf kaum jemand unter fünfzig. Was sollte er hier auch anfangen?«

»Es ist eine Schande!« Der junge Mann war offensichtlich verärgert. »Welches Recht hat er, den Ort derart verkommen zu lassen? Jedes Mal, wenn ich herkomme, ist es schlimmer, immer mehr Leute ziehen weg. Ich nehme an, Sie haben oft genug versucht, ihn zu überreden?«

»Gott, ja. Desgleichen die Trevannions und die Jagoes und die Hoskins. Jeder hat's versucht. Wenn Sie's nicht können, wo Sie sein eigen Fleisch und Blut sind, kann's wahrscheinlich keiner.«

Die Tür ging auf, ein Gast kam an die Bar und rief: »Walt!«, und Mr. Vosper eilte, ihn zu bedienen. Der junge Mann schien sich plötzlich meiner Gegenwart bewusst zu werden. Er schlenderte zu mir herüber, unter dem Vorwand, sich die Hände zu wärmen, und ich war mir seines prüfenden Blickes bewusst, in dem Überraschung lag.

»Sie scheinen etwas für sehr ruhige Urlaube übrig zu haben«, bemerkte er.

»Ja, ich glaube, das habe ich.« Während ich das sagte, hatte ich plötzlich eine deprimierende Eingebung von Georges Idealvorstellung von Urlaub: große Hotels, Kasino, Wasserski, jede Nacht tanzen, ein halbes Dutzend sympathischer Paare immer zugegen.

»Ruhe und Frieden ist auch das Einzige, was Penleggan Ihnen bieten kann«, sagte der junge Mann niedergeschlagen. »Wenn es jemals einen Ort gab, der zum Tode verurteilt ist, dann ist das dieser hier.«
»Warum? Was ist passiert?« Ich dachte an die leeren Sommerhäuser, den ausgestorbenen Kai.
»Es liegt an dem Mann, dem dieser ganze Ort gehört. Er ist mein Onkel, aber deshalb kann ich ihn in dieser Angelegenheit nicht entschuldigen. Er hasst alles Moderne: Industrie und Tourismus und so weiter. Er hat ganz Penleggan an der Kandare, lässt keinen Fremden sich hier ansiedeln, der einen Laden eröffnen möchte, und sei es auch nur, um Postkarten oder Eis zu verkaufen. Er möchte den Ort so erhalten, wie er im neunzehnten Jahrhundert war.«
»Ich nehme an, das heißt, der Ort ist noch unverdorben«, erwiderte ich zweifelnd. »Das ist doch recht positiv, vorausgesetzt natürlich, die Leute haben die Möglichkeit, ihren Lebensunterhalt zu verdienen.«
»Unglücklicherweise ist die einzige Alternative, die sich bietet, Strandgutraub«, sagte der Mann mit rauer Stimme. »Die Fischindustrie konnte sich nicht mehr halten, als Camelford eine Eisenbahn bekam, weil andere Häfen wirtschaftlich günstiger gelegen sind. Und Onkel Mark weigert sich, jegliche Art von Industrie zu erlauben. Es muss ja nicht gleich Großindustrie sein. Ich habe ihn seit Jahren zu überreden versucht, oben in den Schiefersteinbrüchen eine Konservenfabrik zu bauen – es gibt hier viele Sprot-

ten, man könnte sie für Hunde- und Katzenfutter verwenden oder für Fischpastete –, aber er will nichts davon hören, sagt, es würde den Charakter der Landschaft zerstören.«

»Welch ein Jammer«, erwiderte ich warm. »Kein Wunder, dass es hier so viele leer stehende Häuser gibt. Der Ort wirkt dadurch etwas gespenstisch, meinen Sie nicht auch? Ich bin in eines gegangen – das weiße Haus am Kai mit den Doppeltüren und ich … nun ja, wie ich schon gesagt habe, ich war froh, wieder herauszukommen.«

Bildete ich es mir nur ein, oder hatte er mich seltsam angeschaut? Wahrscheinlich war es nur der Widerschein der Flammen in diesen eigentümlichen, hellen Augen.

»Hab ich nicht irgendwo schon Ihr Bild gesehen?«, fragte er abrupt.

»Das ist durchaus möglich«, gab ich widerwillig zu. »Mein Name ist Meg Frazer.«

»Der jugendliche Hogarth unserer Tage. Natürlich. Penleggan fühlt sich geehrt. Sind Sie hier, um zu malen?«

»Nein, nur auf Urlaub. Ich war schon einmal hier, September vierundfünfzig, und ich dachte mir, ich schau mal, ob es noch so ist wie früher.«

»September vierundfünfzig?« Jetzt war sein Ausdruck eindeutig seltsam. Ich erinnerte mich an Mr. Vospers Reaktion auf die gleiche Information.

»Wie außerordentlich …« Was immer er sagen wollte, er überlegte es sich anders.

»Nach allem«, fuhr er in leichtem Ton fort, »nehme ich an, Sie finden, dass es sich in den vierzehn Jahren kaum verändert hat. Sie müssen damals noch sehr jung gewesen sein ... Sicherlich haben Sie selbst sich wesentlich mehr verändert. Ich muss jetzt gehen. Gute Nacht.«

»Mr. Toby ist gegangen?«, fragte Mr. Vosper unnötigerweise, nachdem er mich alleine vorfand.

»Ja. Er lebt nicht hier, oder?«

»Nein. Mr. Toby ist Ingenieur, unten in Plymouth. Als kleiner Junge wohnte er hier. Seinem Onkel, Mr. Mark Trevelyan, gehört das große Haus auf den Felsen.«

»Ah, jetzt beginne ich zu verstehen«, sagte ich langsam. »Und Mr. Mark ist derjenige, der hier keine Läden und Fabriken erlaubt?«

»Das stimmt. Es macht Mr. Toby ganz verrückt, weil sein eigener Vater – das war Mr. Marks Zwillingsbruder, und ihm gehörte genau die Hälfte – eine Fischkonservenfabrik gründen wollte, und aus seinen Plänen wurde nichts. Und nichts kann getan werden, bis Mr. Mark stirbt. Er hat nie geheiratet, deshalb wird Mr. Toby alles erben.«

»Ist er alt?«

»In den Fünfzigern. Er kann's noch lange machen.«

»Dann könnte es also zu spät sein, um den Ort zu retten ... Was für eine schreckliche Situation. Aber was geschah mit dem Zwillingsbruder, Tobys Vater? Warum hat er seine Pläne nicht durchgeführt?«

»Er wurde ermordet.«

»Ermordet!«, rief ich entsetzt. »Wie?«
»Es passierte, als ich in Amerika war. Mr. Gerald lebte allein – seine Frau war gestorben, und Toby war im Internat. Als er und seine Frau heirateten, hatten sie eines der zwei Sommerhäuser umgebaut und lebten seitdem dort. Dann, eines Abends wurde er tot aufgefunden, erschossen. Man hat nie herausgefunden, wer es getan hat.«
»In …« Aus meiner Kehle kam nur ein Krächzen, ich räusperte mich und fing noch einmal von vorne an. »In welchem Haus wurde er ermordet?«
»In dem leeren Sommerhaus am Kai, dem weißen. Es stand leer, noch Jahre danach. Dann machte ein Mann aus Truro dort einen Tabakladen auf. Mr. Mark erlaubte es ihm, weil er die Gerüchte über das Haus zum Schweigen bringen wollte. Aber der Mann blieb nicht lange.«
»Warum? Welche Gerüchte?«
»Oh, schrecklicher Unsinn. Das Übliche. Die Leute sagten, Mr. Geralds Geist würde nachts erscheinen, hin- und herschaukelnd in dem Stuhl, in dem er saß, als man ihn fand …«
»Verzeihen Sie«, sagte ich mit zitternder Stimme. »Ich bin plötzlich so müde. Ich … ich glaube, ich werde ins Bett gehen. Vielen Dank für die heiße Milch. Gute Nacht …«
In jener Nacht fand ich keinen Schlaf, wahrscheinlich wegen meines langen Nachmittagsschlafes. Ich bedauerte es gar nicht so sehr, weil jedes Mal, wenn ich die Augen schloss, das schaukelnde Gesicht vor

meinem inneren Auge erschien und mit ihm die Ahnung einer Katastrophe.

Ich ließ das Licht an und las. Hodge schlüpfte gerade durch das Fenster und auf mein Bett, kuschelte sich ein und schlief. Als es anfing hell zu werden, schob ich mir einen Stuhl zum Fenster, legte mir einen Quilt um die Schultern und beobachtete die anwachsende Flut und die zankenden Möwen auf den Felsen.

Von meinem Platz aus konnte ich die Trauerweide sehen und eine kleine Ecke des weißen Sommerhauses mit der kaputten Tür. Jedes Mal, wenn ich wegschaute, merkte ich, dass ich magisch davon angezogen wurde. Ein Mann namens Gerald Trevelyan war dort ermordet worden, erschossen, während er in seinem Schaukelstuhl saß. Wie lange war das wohl her? Und wie hatte Gerald Trevelyan ausgesehen?

Als ich darüber nachdachte, fühlte ich den Impuls, etwas auszuprobieren, was mir vorher noch nie in den Sinn gekommen war: Ich nahm einen Zeichenblock zur Hand und versuchte, das Gesicht zu malen, das mir immer im Traum erschien. Ich hatte es, weiß Gott, oft genug gesehen.

Trotzdem war es nicht so einfach, wie ich es mir vorgestellt hatte: Der Unterschied zwischen meiner Traumvorstellung und meiner Darstellung, die ich auf das Papier zu zwingen versuchte, war zu groß. Nicht nur eine, nein, viele wesentliche Dimensionen schienen zu fehlen. Anfangs wäre ich fast verzweifelt, zeichnete ein Dutzend verschiedene Versionen, zerriss sie wieder und war mit der endgültigen alles andere als zufrieden. Details wie die Farbe der Augen und der Haare waren mir völlig unbekannt, aber ich hatte letztlich das Gefühl, dass es mir gelungen war, die Form und Struktur und vor allem den Ausdruck des Gesichts zu treffen ... Irgendetwas stimmte jedoch nicht ganz. Was fehlte? Welcher Charakterzug war mir entgangen? Eines jedoch hatte ich eingefangen – oder war das nur meine subjektive Einbildung? Selbst in dieser unfertigen Form lauerte so etwas wie Schrecken.

Ich hoffte jedenfalls, durch diese Form der sichtbaren Darstellung eine therapeutische Wirkung erzielt zu haben – eine Art Exorzismus. Jedenfalls war ich müde geworden davon. Als die ersten Hähne krähten, ging ich endlich ins Bett und fiel in tiefen Schlaf.

6

DIE VOSPERS LIEẞEN MICH AUSSCHLAFEN. Kurz vor elf erschien ich schlaftrunken zum Frühstück: Der Kaffee war erstaunlich gut, und ich ließ mir die frischen Brötchen schmecken. Nach dem Frühstück ging ich zum Kai. Es versprach wieder ein heißer, ruhiger Septembertag zu werden. Ich setzte mich auf die Kaimauer und machte mich daran, die Häuserreihe zu skizzieren, während Hodge sich seinerseits auf einem Haufen rostiger Ketten sonnte oder in dem Sommerhaus auf Rattensuche ging.

Eine Stimme hinter mir ließ mich auffahren. »Morgen, mein Fräuleinchen«, sagte sie fröhlich. »Ich glaube, das ist für Sie.«

Ich drehte mich um und sah einen stämmigen, kleinen Briefträger mit schneeweißem Haar und schwarzen, blitzenden Augen. Ich erkannte ihn als den zwergwüchsigen Mann, der am Vorabend in der Bar gewesen war. Er hatte ein lahmes Bein und war weit über dem Pensionsalter, aber augenscheinlich kümmerte man sich in Penleggan nicht um solche Sachen. Er hielt mir eine Postkarte entgegen, die an Miss Meg Frazer, c/o Trevelyan Arms, adressiert war.

»Hier kommen nicht viele Fremde her«, erklärte er, »also dachte ich mir, Sie müssten Miss Frazer sein.«

»Ja, danke.« Die Karte war von Venetia. Der Text war folgender:

Halte G. in Schach. Er ist ein bisschen verärgert. Schlage vor, Du bleibst nicht allzu lange fort oder meldest Dich. Pass auf Dich auf. Alles Liebe V.

Ich fühlte mich schuldig, weil ich überraschenderweise meine Freiheit ohne George sehr genoss. Ich entschloss mich, ihm morgen zu schreiben, oder … Auf alle Fälle gleich morgen.

Ich schaute auf und bemerkte, dass der Briefträger es sich neben mir gemütlich gemacht hatte. Nachdem er seiner Verwunderung über Hodge wortreich Ausdruck verliehen hatte, so etwas habe er noch nie gesehen, fragte er mit Unschuldsmiene: »Sind Sie vielleicht aus London?« Als ob er nicht den Poststempel gesehen hätte!

»Ja, das stimmt«, antwortete ich.

»Sind Sie das erste Mal hier in Penleggan?«

»Nicht ganz«, sagte ich, »ich war schon einmal hier – im September vierundfünfzig«, und wartete auf seine Reaktion.

»Was!«, rief er. »Dann sind Sie am Ende das kleine Mädchen, das … Nein, ihr Name war Smith.«

Es versprach, interessant zu werden. Ich erwiderte: »Der Name meiner Mutter war Smith, ich heiße Frazer.«

»Nun! Das is ja ’n Ding!« Seine Augen glänzten vor Erregung. Offensichtlich war das seit Langem die interessanteste Neuigkeit für Penleggan.

»Das ist aber mächtig tapfer von Ihnen, hierherzukommen. Sind keine erfreulichen Erinnerungen für Sie, fürchte ich.«

Ich entschloss mich, reinen Wein einzuschenken. Es würde sich so schnell nicht wieder so eine günstige Gelegenheit dazu ergeben.

»Aber das ist ja gerade das Schlimme«, erklärte ich. »Ich kann mich an nichts mehr erinnern. Meine Tante erzählte mir, ich wäre schlimm gestürzt, aber selbst daran kann ich mich nicht erinnern ... und nicht, dass ich schon einmal hier war. Und meine Mutter ist vor zehn Jahren gestorben.«

»Ach!«, rief er erstaunt. »Ist denn das die Möglichkeit? Der alte Dr. Menhenitt meinte, Sie würden sich eines Tages erinnern. Und wir ha'm uns oft gefragt, wie's Ihnen ergangen ist. 's war also nicht der Fall! Is das nicht schrecklich?«

»Warum?«, fragte ich atemlos. »Heißt das, dass Sie es wissen? Können Sie mir sagen, was passiert ist? Waren Sie damals hier?«

»O ja, ich hab hier die letzten siebzig Jahre gelebt. Jeder in Penleggan kennt den alten Nab Santo.« Er kicherte. »Wurde gerettet, als ich in einem von diesen U-Booten war, und hab das hier abbekommen.« Er zeigte auf sein lahmes Bein. »O ja, ich war hier, als Sie Ihren Unfall hatten, meine Kleine. Sind die Klippen beim Hafen runtergefallen, das taten Sie, hab'n Ihr armes kleines Bein gebrochen, sind jämmerlich gestürzt. Ihre Mutter wollte Sie nicht dort lassen, die Flut war im Kommen, hat Sie den ganzen langen Weg geschleppt, arme Frau, bis zu Mr. Geralds Sommerhaus, und da hat sie Sie gelassen, während sie zum Krankenhaus lief. Feines, kleines Krankenhaus hatten wir zu der Zeit und später noch, bis es geschlossen wurde.«

»Ist Mr. Geralds Sommerhaus das weiße dort mit der kaputten Tür?«

»Ja, Mr. Gerald, Mr. Marks Zwillingsbruder, lebte dort. Er war damals schon gelähmt, seit einem Jahr.«

»Gelähmt?«

»Er ging segeln mit seiner Frau, war zu Haus auf Urlaub. Er war Ingenieur in Argentinien, das war er. Sein Boot sank – man vermutete, es wurde nicht gut genug gepflegt, während er weg war –, seine arme Frau ertrank, und Mr. Gerald konnte nie mehr gehen.«

»Meine Mutter brachte mich also zu Mr. Geralds Sommerhaus. Was geschah dann?«

»'s war am frühen Abend«, erzählte er langsam. »Ich war auf'm Weg zum Pub auf ein Bier, als ich den Schuss hörte. Das ist seltsam, dachte ich bei mir und ging runter zum Kai, konnte aber niemanden sehen, 's war zu dunkel. Damals gab es noch keine Straßenlaternen. Ich ging also rein ins Haus und fand Mr. Gerald im Schaukelstuhl, tot. Und ob Sie's glauben oder nicht, er schaukelte noch immer! Die Nachbarn kamen natürlich angerannt, aber 's dauerte eine ganze Weile, bis wir das kleine Mädchen fanden – das müssen Sie gewesen sein, Miss –, ohnmächtig und steif vor Kälte auf der Fensterbank. Sie wurden ins Krankenhaus gebracht, aber als Sie raus kamen, konnten Sie nix erzählen. Dr. Menhenitt meinte, durch den Sturz, den Sie hatten, und die Gehirnerschütterung, könnten Sie wahrscheinlich gar nix über den Mord wissen, Sie hätten sicher nix gesehen. Er hat der Polizei kaum erlaubt, Sie überhaupt auszufragen. Aber als es Ihnen besser ging, ist Ihre Mutter mit Ihnen abgereist, hat keine Adresse hinterlassen, niemand wusste, wohin. Aber einige von uns ha'm sich manchmal gefragt, ob Sie vielleicht doch etwas gesehen haben und ob Sie einen Schock fürs Leben abgekriegt ha'm.«

»Hätte es nicht auch Selbstmord gewesen sein können?«

»Se ha'm das Gewehr nich gefunden. 's war 'ne Kugel aus Mr. Geralds eigener Waffe, 'ne deutsche, er hat sie aus dem Krieg mit heimgebracht. Niemand hat das Ding je gefunden, bis heute nich.«

»Und man hat nie herausgefunden, wer es getan hat?«

»Niemals«, verkündete er feierlich. »'s war uns allen ein Rätsel. Wer hätte schon dem armen Mr. Gerald etwas antun wollen, wo der doch nie einer Fliege etwas zuleide tat und jedem von uns immer nur geholfen hat! Wenn es sein Bruder gewesen wäre ...«

»Wo war sein Bruder damals?«, fragte ich neugierig. »War er auch hier?«

»Ja, er war sein Leben lang hier. Er war nie im Krieg wie Mr. Gerald, wegen seinem schwachen Herz. Zur Zeit des Mordes war er im Krankenhaus, hat seine Tante besucht, die alte Lady Trevelyan, und hat ihr

Gedichte vorgelesen. Mr. Mark is ganz wild auf Gedichte. Jeden Abend hat er ihr vorgelesen, und das Ende vom Lied war, sie hat ihm neunhundert Pfund hinterlassen.«

»Also konnte er den Mord nicht verübt haben?«

»Mr. Mark? O nein, Miss!« Der Briefträger war sichtlich schockiert. »Nun gut, es gab Streit wegen des Dorfes, aber Blut is dicker als Wasser, da können Se sagen, was Se wollen. Und um die Zeit, als Mr. Gerald erschossen wurde, hat die Oberin Mr. Mark in Lady Trevelyans Zimmer gefunden, bewusstlos – Herzanfall. Und die alte Dame schlief wie ein Baby. Manche sagten, es wär so was wie Blutsbande gewesen, was ihn umgeworfen hat zur selben Zeit, als sein Bruder ermordet wurde. Er war nachher noch wochenlang im Krankenhaus, arme Seele.«

»Du lieber Himmel! Was für eine schreckliche Geschichte. Wohnt hier noch jemand vom Krankenhauspersonal?«

»Die alte Oberin, die alte Miss Pentecost, sie is noch hier, pensioniert, wohnt da oben.«

»Und was ist mit dem Arzt – Dr. Menhenitt?«

»Tot, schon lange, arme Seele. Wie viele andere. Wer immer der Mörder is, ’s is gut möglich, dass er schon das Zeitliche gesegnet hat und wir es nie erfahren werden.«

Nach weiteren zehn Minuten unschuldigen Schwatzens, mit der Absicht, mir jedes kleinste Geheimnis über mich zu entlocken, humpelte der Briefträger von dannen.

Mittlerweile war es für diese Jahreszeit unverhältnismäßig heiß geworden und ich beschloss, schwimmen zu gehen. Die Vospers nannten mir eine Stelle, wo man sicher baden konnte: in einer kleinen Bucht südlich des Eingangshafens, und Mrs. Vosper machte mir ein paar belegte Brote. Ich packte Badeanzug und Zeichenblock ein und machte mich auf den Weg, in der Hoffnung, die Stelle zu finden, wo ich mir das Bein gebrochen hatte.
Hodge zog es vor, im Pub zu bleiben. Ölsardinen und ein bequemes Bett waren seiner Ansicht nach beschwerlichem Klettern über steinige Felsen in der heißen Sonne vorzuziehen. Ich war erleichtert, kannte ich doch seine Höhenangst.
Entlang der Südseite des Hafens schlängelte sich ein schmaler Pfad, manchmal niedriger als das Hochwasserstandzeichen. Heute war er trocken und hoch genug über dem Wasser. Ich fragte mich, wie das Wetter wohl gewesen war, als Mutter mich hier entlanggetragen hatte, mit meinem gebrochenen Bein und der Gehirnerschütterung. Der alte Nab Santo hatte doch gesagt, die Flut war im Kommen gewesen.
Oberhalb des Hafens, hoch über den Felsen, lag das Haus der Trevelyans, im Schoß des Hügels. Es war ein eindrucksvolles Gebäude: halb Bauernhof, halb Herrenhaus mit den Ruinen einer alten Kapelle. Ich konnte den Eierbecher des Teufels von hier aus nicht sehen, er musste jenseits davon sein, auf der Nordseite. Ein Lichtstrahl traf mein Auge, als ich das Haus noch betrachtete: Wahrscheinlich öffnete irgendje-

mand gerade ein Fenster. Ich ging weiter, der Weg zweigte hier von der Hafeneinfahrt ab und führte steil die Felsen hoch.

Als ich auf dem Gipfel stand, traf mich die Erinnerung zum zweiten Mal mit unerwarteter Heftigkeit. Ich brauchte nicht länger nach dem Platz zu suchen, wo ich gefallen war: Ich *wusste* es. Er war die genaue Wiedergabe meines Traumes: der steile Hang unterhalb des Weges – bedeckt mit lockerem Schieferton –, der in einem Vorsprung endete, felsig und mit Tang bewachsen.

Ich danke dir, Mutter. Vater hat sich von dir getrennt, Venetia liebte dich, aber sah in dir nichts anderes als eine Lebedame. Du warst eine Schönheit und hattest nicht gerade viel Verstand. Vielleicht liebtest du Partys und die Schauspielerei mehr, als eine Tochter großzuziehen oder einem kranken Mann hingebungsvolle Ehefrau zu sein. Aber es erfordert ganz sicher eine Menge Mut, ein verletztes Kind diesen Felsen hinaufzutragen und den ganzen langen Weg nach Penleggan.

Wir mussten von der kleinen Bucht gekommen sein, sie lag vor mir, der Strand, weiß und einladend – geformt wie ein orientalischer Krummsäbel.

Und dann – der Schrei, das Geräusch rollender Steine – die Augenblicke hilflosen Schreckens, der Aufprall …

Ich merkte, wie sich meine Finger um den Riemen meines Malkastens krampften.

Aber ich teilte Hodges Höhenangst nicht – vor allem

nicht tagsüber –, also ging ich relativ beherzt weiter, hinunter zur Bucht.

Der Sand war himmlisch – und heiß. Ich schwamm, aalte mich in der Sonne, aß und schlief, malte ein bisschen und ging wieder schwimmen. Die Zeit verging auf angenehme, sorglose Weise. Endlich zog ich mich an, zögerte aber, ich hatte noch keine Lust zu gehen.

Ich nahm die Skizze meines Traumgesichts zur Hand und betrachtete sie neugierig. Hier in der Sonne bei dem beruhigenden Klang der Wellen sah es nicht länger unheimlich aus. Es war eben nur irgendein Gesicht. Ich fragte mich, ob wohl irgendjemand im Dorf es identifizieren könnte.

Was war das doch für eine merkwürdige, schreckliche Geschichte über den Tod des armen Gerald Trevelyan und was für ein Pech für Mutter. Arme Fizz, wie sorgfältig hatte sie diesen kleinen, abgelegenen Ort für ihre heimlichen Treffen mit Ralph ausgewählt, nur um mitten in einen ungelösten Mordfall zu geraten. Es war ein Glück, dass sie in diesem wichtigen Augenblick nicht anwesend war, sonst wäre sie unweigerlich als Zeugin vernommen worden. Wie froh muss sie gewesen sein, dass sie sich als Mrs. Smith eingetragen und Dr. Menhenitt sich als Ehrfurcht gebietender Verbündeter erwiesen hatte, indem er die Polizei daran hinderte, mich länger zu vernehmen. Aber schließlich, was konnten sie sich schon von einem fünfjährigen Kind mit Gehirnerschütterung erhoffen?

Was wohl – außer dem Bild eines Traumgesichts?
Dermaßen in Gedanken versunken, hatte ich die herannahenden Schritte nicht gehört, bis der Kies hinter mir knirschte.
Ich drehte mich um und erkannte den jungen Mann von gestern Abend, Toby Trevelyan, der geradewegs auf mich zukam. Er sah viel größer aus, als ich ihn in Erinnerung hatte. Er wirkte nervös und starrte gebannt auf die Skizze meines Traumbildes, das noch neben mir im Sand lag.
»Wer hat das gemalt?«, fragte er schroff.
Ich hob die Augenbrauen, um ihm zu verstehen zu geben, dass ich sein Benehmen ungehörig und aufdringlich fand.
»Ich natürlich.«
»Wo? Wann haben Sie das gemalt?«
»Gestern Abend. Ich konnte nicht schlafen und habe mir damit die Zeit vertrieben.«
»Aber ich verstehe nicht. Warum? Warum sollten Sie so etwas tun?«
»Ich verstehe auch nicht ganz, fürchte ich. Was soll diese Ausfragerei? Kann ich nicht Gesichter malen, wo und wann ich will?«
»Warum? Warum? Weil … Diese Skizze, von der Sie behaupten, Sie hätten sie gestern Nacht gemalt, ist ein Porträt meines … meines Vaters, der vor vierzehn Jahren gestorben ist.«
»Oh! … Oh, ich verstehe. Es tut mir leid. Wie … wie merkwürdig.«
Jetzt, wo ich es wusste, erkannte ich eine gewisse

Ähnlichkeit zwischen Toby und dem Mann auf dem Bild. Kein Wunder, dass er mir gestern Abend seltsam bekannt vorgekommen war. Die Ähnlichkeit war nicht sehr groß, doch sie war vorhanden – die Linie der Wangen, Kinnpartie und Ohren waren gleich.

»Haben Sie irgendwo sein Bild gesehen … in einer Zeitung oder sonst wo?«

»Nein, nicht dass ich wüsste.«

»Ja, dann …?«

»Das ist eine lange Geschichte«, sagte ich, »wollen Sie sich nicht lieber setzen?«

Er ließ sich neben mir nieder und lehnte sich gegen einen Felsen. Er wirkte immer noch nervös, doch eher verwirrt als feindlich.

»Das alles hat mich ziemlich getroffen«, sagte er. »Es war ein richtiger Schock … so unerwartet. Ich bin gekommen, um Sie zum Essen einzuladen.«

»Essen?«, fragte ich dümmlich.

»Mit Anstandsdame natürlich.« Er grinste jungenhaft. »Dank des Briefträgers weiß bereits das ganze Dorf, welch angesehene junge Malerin uns mit ihrer Gegenwart beehrt, und mein Onkel hat mich beauftragt, Sie zu fragen, ob Sie ihm die Ehre erweisen würden, bei ihm zu speisen. Wir werden zu viert sein. Miss Pentecost ist ebenfalls eingeladen.«

»Miss Pentecost? Die frühere Oberin des Krankenhauses?«

Er schaute mich überrascht an, nickte aber und fuhr fort: »Onkel Mark langweilt sich tödlich, müssen Sie wissen. Er kann kein aktives Leben führen, weil er es am Herzen hat. Früher war auch er einmal eine kleine Berühmtheit.«

»Oh, ja?«

»Versuchen Sie nicht, mir vorzumachen, Sie hätten von ihm gehört. Ich bin sicher, dass das nicht der Fall ist.« Toby warf mir einen ironischen Blick zu, er schien sich von dem Schreck erholt zu haben. »Das ist zwanzig Jahre her. Er schrieb typisch englische Gedichte über typisch englische Sachen wie rote Pimpernellen, Drosseln, strohbedeckte Sommerhäuser und Kerle, die den Everest besteigen. Er hat viel für den Rundfunk gearbeitet und für Tageszeitungen geschrieben (nicht für Sonntagszeitungen, die waren zu hoch für ihn), und er veröffentlichte endlos lange, dürftige Werke, die sich besonders gut in den Kolonien verkauften. Aber die Geschmäcker haben sich geändert, und Onkel Mark verschwand wieder im Dunkel der Anonymität ... Das war sein erster und letzter Anspruch auf Berühmtheit, außer dass er Penleggan als eine Art Überbleibsel aus der Feudalzeit hält.«

»Ich verstehe. Scheint ja ein interessanter Mann zu sein. Vielen Dank für die Einladung. Ich werde gerne kommen.«

Wieder schaute er mich ironisch an, und ich fügte ehrlich hinzu: »Sein Haus ist wunderschön, ich würde es gerne von innen sehen.«

»Was ist nun mit Ihrer Geschichte?«, fragte er neugierig.

»Meine Geschichte ... Ja, ich glaube, ich schulde es

Ihnen, falls Sie sie noch nicht von dem Briefträger gehört haben.«

»Nur, dass Sie das Mädchen sind, das schon mit achtzehn Jahren gekrönte Häupter porträtierte.«

Also erzählte ich Toby meine Geschichte.

Es hätte keinen besseren Zuhörer geben können. Er saß völlig still, ganz Aufmerksamkeit. Die unbeachtete Zigarette in seiner Hand rauchte sich von alleine. Als sie ihn verbrannte, machte er sie abwesend im Sand aus. Er ließ mich keinen Moment aus den Augen.

»Jetzt verstehen Sie vielleicht«, endete ich, »es war wie eine verschlossene Schublade – vergraben in meinem Unterbewusstsein – unerreichbar für mich, ich musste sie öffnen und ordnen, bevor ich heirate.«

»Ja, ich verstehe … Sie hatten keine Ahnung – nein, wie konnten Sie, Sie wussten ja nichts von dem Mord –, dass es in Ihrem Gleichnis der verschlossenen Schublade einen düsteren Aspekt gibt.«

»Wie meinen Sie das?«, fragte ich vorsichtig.

»Nun, dass sich in verschlossenen Schubladen manchmal Leichen befinden, dass in Penleggan jemand leben könnte, dem es nicht recht ist, dass Sie hierher zurückgekommen sind, um herauszufinden, was vor vierzehn Jahren geschah.

Es ist wirklich ein Glück für Sie, dass das Gesicht, das Sie in Ihren Träumen verfolgt, das meines armen Vaters ist …, der wirklich keiner Fliege etwas zuleide getan hätte.«

»Was wollen Sie damit sagen?«

Ich wurde von einer merkwürdigen Art von Panik erfasst. Es hätte mich erleichtern sollen, dass mein Traumgesicht das des Ermordeten war ... des Mannes im Schaukelstuhl. Aber das war nicht der Fall. Warum?

»Was ich damit sagen will? Nun, das Gesicht hätte ebenso gut das des Mörders sein können.«

»Oh! O ja, ich verstehe, daran hatte ich noch gar nicht gedacht.«

»Wissen Sie was«, meinte Toby, »ganz ehrlich, wenn ich Sie wäre, würde ich abreisen.«

»Meinen Sie wirklich ...? Nein, das ist doch absurd. Es ist vierzehn Jahre her ... Es sind doch nicht mehr dieselben Leute hier, oder?«

»Einige sind gestorben, und einige sind weggezogen. Aber es kommen keine neuen Menschen nach Penleggan. Es ist ein sterbendes Dorf ... Jeder, der *heute* hier lebt, war auch *damals* schon hier. Deshalb glaube ich wirklich, Sie wären gut beraten, so bald wie möglich zurück nach London zu fahren. Es war Mord, vergessen Sie das nicht.«

Ich fragte interessiert: »Wären Sie nicht froh, wenn es sich aufklären würde?«

»Nein«, antwortete er langsam. »Nein, ich glaube nicht. Verbrechen sollte man ruhen lassen. Es würde mir ja meinen Vater nicht zurückbringen.«

Ich seufzte: »Nein, ich verstehe. Aber ich habe gar keine Lust zu fahren. Es ist so schön hier.«

»Ja, nicht wahr? Haben Sie schon den Ausblick oben vom Eierbecher des Teufels gesehen?«

»Ja, ich bin gestern Abend oben gewesen, aber es war schon etwas zu dunkel.«

»Ich werde es Ihnen zeigen, wenn Sie morgen zum Essen kommen. Es gibt in ganz Cornwall keinen schöneren Ausblick. Wenn man Penleggan nur wieder zum Leben erwecken könnte«, sagte er leidenschaftlich, »und den Einwohnern die Möglichkeit gäbe, Geld zu verdienen, dann wäre es ein herrlicher Ort. Mein Gott, was gäbe ich nicht alles dafür, etwas dafür tun zu können. Es macht mich ganz krank, wenn ich sehe, wie es langsam verfällt. Der Himmel weiß, ich bin wirklich nicht verrückt nach Souvenirläden und Imbissstuben, aber sogar das wäre diesem langsamen Verfall vorzuziehen.«

»Mr. Vosper hat mir erzählt, Sie wollten eine Konservenfabrik gründen.«

»Ja, das stimmt, und es wäre auch zu machen. Ich könnte das Kapital und die nötige Unterstützung bekommen. Ich kenne mehrere Firmen, die interessiert wären. Und es wäre das tägliche Brot für viele Familien im Dorf – ja für den ganzen Distrikt. Aber ich möchte Sie nicht mit meinem Lieblingsthema langweilen.«

»Aber nein, es interessiert mich, wirklich. Es ist ein schönes Ziel, einen Ort wieder zum Leben zu erwecken.«

»Ja, das ist es wirklich, nicht wahr?« Meine Begeisterung tat ihm gut. »Bei mehr Einwohnern könnten wir wieder eine Schule haben – momentan werden die Kinder mit dem Bus nach Simonbridge gefahren, es ist dreißig Kilometer entfernt – und vielleicht ein kleines Theater, irgendetwas, das Sommergäste anzieht. Aber was nützt es, darüber überhaupt zu sprechen. Onkel Mark lebt so vorsichtig, es ist durchaus möglich, dass er mehr als achtzig wird. Nicht, dass ich seinen Tod herbeiwünsche, doch wenn er und nicht Vater ermordet worden wäre, sähe es hier jetzt ganz anders aus.«

»Erzählen Sie mir von den Plänen Ihres Vaters«, drängte ich.

»Möchten Sie wirklich?« Toby enthüllte mir eifrig Pläne für die Verbesserung von Penleggan, und zwar so realistisch, bescheiden und doch so einfallsreich, dass ich mich bald beteiligte und eigene Vorschläge machte, mit so viel echter Begeisterung, wie er sich nur wünschen konnte.

»Toby, es ist wundervoll. Lassen Sie mich wissen, wann Sie anfangen, und ich komme und eröffne eine Kunstschule.«

»Ich werde darauf zurückkommen.« Er nahm meine Hände. »Wir werden Erfolg haben …, das heißt, wenn wir je die Chance dazu bekommen.«

»Und wenn George mich lässt«, fügte ich hinzu.

»George?«

»Der Mann, den ich heiraten werde.«

»Oh … oh, ja … Was ist George für ein Mensch?«

Ich erzählte ihm also von George – eins führte zum anderen –, von Vater und Venetia und meiner Mutter. Er erzählte mir davon, wie sein Onkel ihn nach dem Tod seiner Eltern aufgezogen hatte.

»Onkel Mark hat nie geheiratet. Ich habe das Gefühl, er war heimlich in Mutter verliebt. Ich fand vor Jahren in seinen Schreibtischschubladen eine Menge Fotos von ihr.«

»Ich werde immer neugieriger auf Ihren Onkel.«

Toby wurde etwas reservierter. »Sie werden ihn blenden, da bin ich sicher. Er wird seinen ganzen konservativen Charme aufbieten und Sie mit seiner Höflichkeit der alten Schule überschütten, pfundweise. Ich glaube, wir sollten uns auf den Weg machen, ich jedenfalls. Ich habe eine Verabredung in St. Anstell.«

»Du lieber Himmel, ich hatte keine Ahnung, dass es schon so spät ist. Ich hatte vor, Miss Pentecost einen Besuch abzustatten.«

»Ich kann Sie hinfahren und ihr vorstellen, wenn Sie wünschen.«

»Und was ist mit Ihrer Verabredung?«

»Es ist nur ein alter Schulfreund, er wird schon fünfzehn Minuten warten können, außerdem liegt es auf dem Weg.«

Mit selbstverständlicher Freundlichkeit half er mir auf.

»Du meine Güte, Mädchen, Sie sind ja so leicht wie eine Feder. Wovon leben Sie – von Salat?«

Tobys klappriger, alter Zweisitzer stand hinter meinem Mini vor dem Pub. Miss Pentecost wohnte etwas außerhalb von Penleggan oben am Hügel. Deshalb schlug ich vor, lieber getrennt zu fahren, da Toby ja weiter musste nach St. Anstell. Toby fuhr also vor, um mir den Weg zu zeigen.

Hodge lag im Mini und schlief. Ich ließ gewöhnlich das Autofenster einen Spalt offen, sodass er, wenn er mich nicht finden konnte, wenigstens dort Unterschlupf fand. Er wachte auf und begrüßte mich herzlich.

Trotz seines altertümlichen Aussehens beschleunigte Tobys Auto noch sehr gut, er schoss den Weg hinauf. Ich folgte etwas langsamer, und als ich eine letzte Haarnadelkurve genommen hatte, sah ich seinen Wagen etwas weiter oben rechts vor einem schmucken, grünen Tor parken. Ich konnte nicht mehr rechtzeitig bremsen, wendete also und parkte meinen Wagen vor dem seinen, Richtung Tal. Ich legte zur Sicherheit den Rückwärtsgang ein, die Straße war sehr steil.

Toby war schon hineingegangen, stand in der Mitte eines grasbewachsenen Gartenweges, sprach mit einer rundlichen, kleinen Frau mit gepflegten grauen Locken und war damit beschäftigt, sich eines wütend bellenden Pekinesen zu erwehren. Hodge war aus dem Wagen gehüpft in der Absicht, mich zu begleiten. Als er aber den Pekinesen sah, wandte er sich voller Verachtung ab. Er konnte Hunde nun mal nicht ausstehen.

Toby drehte sich um und winkte mir zu. Ich ging den Weg hinauf, und die kleine Frau kam mir würdevoll entgegen. Offensichtlich hatte Toby Zeit für eine kurze Erklärung gehabt. Die Oberin lächelte mich freundlich an, kluge, blaue Augen studierten mein Gesicht, dann sagte sie:

»Sie sind allerdings sehr gewachsen, seit ich Sie das letzte Mal sah, aber ich glaube, ja bestimmt, ich hätte Sie trotzdem erkannt. Augen und Haare haben noch dieselbe Farbe. Und ich vergesse selten ein Gesicht.«
»Du lieber Himmel, aber ich war doch erst fünf Jahre alt, als Sie mich zum letzten Mal sahen, Miss Pentecost!«
»Ja, meine Liebe, aber es war doch, wie Sie zugeben müssen, unter etwas außergewöhnlichen Umständen. Ich habe mich oft gefragt, was aus Ihnen geworden ist.«
Toby schaute auf seine Uhr. »Ich muss jetzt gehen, sonst denkt der Knabe, der mir sein Schlauchboot verkaufen will, noch, ich hätte meine Meinung geändert.«
Miss Pentecost erwiderte vorwurfsvoll: »Du bist jetzt schon über ein Jahr nicht mehr hier gewesen, Toby, und dann bleibst du nur zwei Minuten. Ich hatte gehofft, du würdest mit hereinkommen und meinen Walnussblätterwein probieren.«
»Ich traue mich nicht, Penecy, sonst werde ich nie heil in St. Anstell ankommen! Ich kenne dein Gebräu«, meinte Toby lachend. »Nein, ernsthaft, ich muss gehen, ich bin schon zu spät dran. Ich werde euch ja beide morgen Abend bei Onkel Mark sehen. Also bis dann!«
Er hielt meine Hände einen Augenblick länger als notwendig, lächelte mich an und ging.
»Das ist aber nett«, sagte Miss Pentecost. »Ein uner-

warteter Besucher ist in Penleggan wirklich eine Attraktion. Es kommt so selten vor.«

»Ich habe schon gemerkt, dass es dieser Tage hier sehr ruhig ist.« Der Pekinese sprang um mich herum, während ich ihr in Richtung Haus folgte.

»Ja, ja, Toby würde hier ja gerne Tourismus und Industrie sehen – Ming! Benimm dich! –, aber wie ich ihm schon immer gesagt habe, müssen wir die Sache von zwei Seiten betrachten: Ungestörter Frieden hat auch seine Vorteile. Nun, das ist also mein bescheidenes, kleines Häuschen! Mr. Mark hat mir freundlicherweise erlaubt, hier zu bauen, nachdem das Krankenhaus geschlossen wurde. Das ist natürlich alles sein Land.«

»Oh, ja, natürlich.« Ich fand, dass es sehr diplomatisch von Miss Pentecost war, seine Meinung zu propagieren, was auch immer sie selbst darüber denken mochte, sie war ja schließlich sein Pächter. »Aber ich dachte, er wäre dagegen, neue Häuser zu bauen?«

»Ja, das stimmt, er ist ganz und gar nicht dafür«, stimmte sie zu. »Aber weil ich seine alte Tante, Lady Trevelyan, so lange gepflegt habe – ganz zu schweigen von ihm selbst mit seinem schwachen Herzen –, hat er freundlicherweise in meinem Fall eine Ausnahme gemacht. Ich hasse nämlich diese feuchten, alten Sommerhäuser.«

Miss Pentecost liebte ihr kleines Haus – ein schmucker Bungalow, weiß mit Holzdach, es passte zu den älteren Häusern, die unterhalb lagen. Haus und Garten waren außerordentlich gepflegt. Ich fragte mich, wer wohl die Aquarelle mit den herrlichen Farben gemalt hatte.

»Es ist sehr interessant, dass Sie zurückgekommen sind«, sagte sie, während sie mich in einen großen, bequemen Sessel nötigte. »Wenn Sie sich erinnerten, wäre es sicher der letzte Platz auf dieser Erde, den Sie wiedersehen wollten ..., aber Toby erzählte mir, dass das nicht der Fall sei, Sie wüssten nichts mehr davon.«

»Nein, ich weiß gar nichts mehr. Ist das nicht seltsam?«

Toby hatte in dieser kurzen Zeit erstaunlich viel erzählt.

»Das ist gar nicht so ungewöhnlich«, antwortete Miss Pentecost ruhig. »Die meisten Menschen erinnern sich kaum an ihre Kindheitserlebnisse.«

»Ja, aber glauben Sie nicht, dass solch ... solch außergewöhnliche Umstände, wie Sie sie nannten, doch irgendwelche Spuren hinterlassen?«

»Sie erinnern sich wirklich an nichts? An gar nichts?« Sie hatte in der Zwischenzeit geschäftig zwei winzige Kristallgläser hervorgezaubert und einen Krug – alles bis zur Perfektion blank geputzt. Jetzt hielt sie inne, den Krug in der Hand, und beobachtete mich scharf.

»Nein, an gar nichts, außer dem Traum, in dem ich immer wieder ein bestimmtes Gesicht sehe. Toby sagte mir, es sei sein Vater. Ansonsten hätte ich schwören können, dass ich niemals hier war – wenn ich nicht Mutters und meinen Namen im Gästebuch des Hotels gefunden hätte. Aber seit ...«

Ich hatte sagen wollen: Seit ich hier bin, fange ich an, mich zu erinnern, aber Miss Pentecost hatte gerade Walnusswein verschüttet: auf ihren gepflegten Tisch. Sie schalt sich selbst ob ihrer Ungeschicklichkeit und rannte in die Küche, um ein Tuch zu holen.
»Das ist sehr interessant«, sagte sie, als sie zurückkam. Abwesend goss sie ein, abwesend hielt sie das kleine Glas mit der grünen Flüssigkeit gegen das Licht. »Glauben Sie wirklich, dass es klug ist, hierherzukommen und all das Vergessene wieder aufzustöbern?«
Ihre beunruhigend wachen Augen fixierten mich intensiv. Wollte auch sie mich warnen?
Selbst wenn, ich war entschlossen, es nicht zu beachten. Ich war schon zu weit gegangen, um noch einen Rückzieher zu machen.
»Ja«, antwortete ich mit fester Stimme. »Ich glaube, ich muss es tun. Sie müssen wissen, ich hatte immer diese Albträume ... es wurde immer schlimmer ... Es ist wie eine Wunde, die zu schnell geheilt ist, die Kugel sitzt noch im Fleisch.«
Als ich es aussprach, merkte ich, wie melodramatisch es klang. Miss Pentecost wirkte etwas beunruhigt und beobachtete mich schweigend eine, zwei Minuten lang, bevor sie endlich ziemlich abrupt einwarf: »Jaja, ich glaube, Sie haben recht.«
»Möchten Sie mir nicht erzählen, woran Sie sich erinnern, Miss Pentecost?«, drängte ich sie.
Sie seufzte: »Nun, ich glaube, Sie sind verständig genug. Also gut, meine Liebe.« Sie lief quer durch den Raum und stellte mir das kleine Likörglas hin.

»Sie müssen meinen Walnussblätterwein versuchen, ich habe ihn selbst gemacht.«
»Werde ich anschließend auch nicht unterm Tisch liegen?«, sagte ich lachend. »Ich muss ja noch fahren, wie Sie wissen.«
»Aber nein, meine Liebe, das war nur ein Scherz von Toby.«
Trotzdem nippte ich nur vorsichtig an dem Glas, aber es schmeckte recht mild, doch nicht sehr aromatisch.
»Sehr gut«, sagte ich höflich.
»Nicht wahr? Das ist er wirklich. Oje, da kommen meine Lebensmittel. Entschuldigen Sie mich bitte einen Augenblick …«
Es klopfte an der Tür und sie ging hinaus. So hatte ich Muße, mir die Aquarelle anzuschauen und die vielen Fotos, offensichtlich das Krankenhauspersonal.
»So, das wäre geschafft«, verkündete Miss Pentecost munter, als sie wieder hereinkam. »Lassen Sie mich Ihr Glas auffüllen … Sie müssen ganz einfach, es ist so ein winziges Glas …und dann erzähle ich Ihnen, woran ich mich erinnern kann. Es war September vierundfünfzig, als Sie und Ihre Mutter hier waren, nicht? So schön war sie. Ich habe mich oft gefragt, ob sie nicht beim Theater war.«
»Sie hatten recht. Bald danach ging sie nach Hollywood. Sie kam bei einem Autounfall ums Leben, als ich neun war.«
»Arme Kleine, das muss schlimm für Sie gewesen sein, Kind … Ihr wart damals etwa seit ein bis zwei

Wochen hier, als eines Abends – es war um die Besuchszeit, das Tagespersonal machte gerade Feierabend – Ihre Mutter ins Krankenhaus taumelte – sie war kurz vor dem Zusammenbruch –, sie fiel dann auch auf dem Flur vor dem Ordinationszimmer in Ohnmacht, und wir mussten sie wieder zu sich bringen. Dann erzählte sie uns, dass ihre Tochter auf den Felsen bei der Hafeneinfahrt einen schlimmen Sturz erlitten hätte und sie Sie den ganzen Weg zum Kai getragen hätte, sonst wäre die Flut gekommen, bevor Hilfe gekommen wäre. Sie hätte Sie in einem der Sommerhäuser untergebracht.«

»Gab es denn nirgends ein Telefon?«

»Vom Gasthof aus hätte sie telefonieren können, aber zum Krankenhaus war es genauso nahe. Und Mr. Gerald Trevelyan, in dessen Haus Sie damals waren, konnte nicht laufen.«

»Wo war das Krankenhaus?«

»Auf halbem Weg den Hügel hinunter. Es ist jetzt nur noch eine Ruine. Nun, sobald wir hörten, was passiert war, machte ich mich mit einigen Krankenschwestern und einer Bahre auf den Weg zum Kai. Vor Mr. Gerald Trevelyans Sommerhaus fanden wir ungefähr ein Dutzend Leute vor, der alte Nab Santo stand in der Tür, versuchte, sie daran zu hindern, hineinzugehen, und rief, jemand möge doch den Wachtmeister holen.

Wir gingen hinein und fanden Mr. Gerald ermordet in seinem Schaukelstuhl. Dr. Menhenitt sagte, er könnte nicht länger als zehn Minuten tot sein. Und dann fanden wir Sie, bewusstlos, mit einer Beule am Kopf und einem gebrochenen Bein auf der Fensterbank. Sie kamen erst nach zwei Tagen wieder zu sich. Sehr besorgt waren wir um Sie damals. Später hat Sie dann der Doktor einige Tage unter Beruhigungsmittel gesetzt. Zum Teil, um Sie davor zu schützen, dass die Polizei Sie zu früh mit Fragen belästigte.«

»Haben sie mich vernommen?«

»Ein Inspektor aus St. Anstell kam extra deshalb hierher, aber Dr. Menhenitt war die ganze Zeit dabei und auch Ihre Mutter. Und natürlich merkten sie, dass Sie sich an überhaupt nichts erinnern konnten, und damit war die Sache dann erledigt. Die Frage, ob Sie bei der Verhandlung als Zeuge auftreten sollten, kam gar nicht erst auf. Auch Ihre Mutter lag einige Tage bei uns, sie hatte einen schweren Schock, und das war auch nicht verwunderlich. Sie hatte Sie mindestens vier Kilometer getragen, und den letzten Teil am Hafenpfad entlang watete sie bis zu den Knien im Wasser. Es war eine Springflut. Der alte John Vosper hat sie gesehen, das war Walters Vater. Er war auf den Felsen gegenüber dem Hafen und humpelte hinunter, um ihr zu helfen. Aber er war so alt und vom Rheuma geplagt, dass, als er unten ankam, sie schon verschwunden war. Sie hatte Sie wahrscheinlich zu der Zeit schon im Sommerhaus untergebracht. Er sagte, es war ein Wunder, dass sie nicht ausgerutscht oder gefallen ist oder weggeschwemmt wurde. Dann hörte er einen Schuss und sah Nab vor Trevelyans Haus.

Das war ein Abend! Wir hatten Sie gerade zu Bett gebracht, als die Polizei auch schon anfragte, ob Mr. Mark im Krankenhaus wäre. Also ging ich zu dem Zimmer seiner Tante, der alten Lady Trevelyan, sie schlief tief und fest, und Mr. Mark lag bewusstlos auf dem Boden. Dr. Menhenitt war sehr interessiert. Er musste ungefähr zur selben Zeit in Ohnmacht gefallen sein, als sein Bruder ermordet wurde. Der Doktor meinte, das läge daran, dass sie Zwillingsbrüder waren. Also hatten wir ihn auch noch als Patienten …
Er zeigte sehr viel Mitgefühl für Sie und Ihre Mutter, schickte Ihnen immer Weintrauben. Er hätte Sie auch besucht, aber Dr. Menhenitt meinte, Sie brauchten vor allem Ruhe. Ich glaube, Mr. Mark wollte später mit Ihrer Mutter Verbindung aufnehmen, aber Sie waren zu der Zeit schon abgereist und hatten keine Adresse hinterlassen … Und das ist wirklich alles, was ich weiß, meine Liebe!«
»Es ist mysteriös, nicht wahr? Ich frage mich, wer der Mörder war und was mit dem Gewehr passiert ist.«
»Im abschließenden Urteil hieß es: Mörder unbekannt«, erinnerte sich Miss Pentecost. »Eine Zeit lang war Penleggan deshalb direkt eine Touristenattraktion. Aber sobald Mr. Mark wieder auf den Beinen war, bereitete er dem ein Ende.«
»Jedenfalls vielen Dank für alles«, ich erhob mich, um zu gehen.
Der Raum verschwamm etwas vor meinen Augen, und ich erkannte bestürzt, dass Miss Pentecosts Walnussblättergebräu sehr viel stärker sein musste, als ich

dachte, mörderisch stark, wenn zwei so winzige Gläschen diese Wirkung hatten. Ein Glas mehr, und selbst ein trinkfester Seebär läge unterm Tisch. Vielleicht würde frische Luft helfen?

Ich lief behutsam den Grasweg entlang, während der Pekinese sein Abschiedsgebell anstimmte.

»Kommen Sie doch noch einmal vorbei, bevor Sie wegfahren«, rief meine Gastgeberin ermunternd, »... Ming, sei still! ... Wir müssen uns einmal über Kunst unterhalten. Ich hörte, Sie sind Malerin. Ich selbst übe mich auch ein bisschen in diesem Fach.«

»Danke, das fände ich herrlich. Wir sehen uns ja sowieso morgen Abend bei Mr. Trevelyan.«

»O ja, natürlich! Es wird nett werden.« Klang das nicht ein bisschen skeptisch?

Sie winkte mir noch einmal lebhaft zu, rief nach Ming, dann hörte ich die Eingangstür zuschlagen. Hodge stolzierte etwas benommen aus einer Hecke und hüpfte in den Wagen, als ich die Tür öffnete.

Ich machte das Licht an und startete, der Wagen machte einen heftigen Ruck nach hinten. Was war ich doch dämlich, ich hatte ja den Rückwärtsgang eingelegt. Das hemmte meine gewohnte Startroutine. Ich schaltete in den Leerlauf zurück, kurbelte das Fenster herunter und blieb einen Augenblick still sitzen, um die Wirkung von Miss Pentecosts K.-o.-Getränk abzuschütteln.

Dann, nachdem ich mich wieder relativ klar im Kopf fühlte, startete ich von Neuem. In diesem Augenblick krabbelte mir ein großes Etwas über die Füße.

Zuerst dachte ich, es wäre Hodge – aber der lag auf seinem gewohnten Platz, dem Beifahrersitz. Ich hatte gerade die Handbremse losgemacht, um das Auto zum Rollen zu bringen …, jetzt zog ich sie heftig wieder an. Der Mini machte einen Satz zur Seite und kam an einem Vorsprung gerade noch rechtzeitig zum Stehen. Im selben Augenblick brach im Wagen ein Tumult aus, im Halbdunkel auf dem Fußboden. Hodge hatte sich wie eine Bombe auf dieses große Etwas gestürzt, was auch immer es war. Ich hörte ihn wütend fauchen und einige dumpfe Schläge, dann ein angstvolles Quieken. Es war die Hölle los. Ich riss die Wagentür auf und schoss nach draußen, wodurch das Licht im Wagen anging. Als ich mich umdrehte, sah ich die Kreatur über die Schwelle flitzen, Hodge wie der Blitz hinterdrein. Dann ein letzter wilder Kampf auf der Straße, ein letztes wütendes Quieken, und Hodge schüttelte triumphierend seine Beute und warf sie über die Schulter. Sie fiel mit einem dumpfen Aufschlag in den Strahl des Scheinwerferlichts. Ich ging behutsam näher und sah eine riesige, graue Ratte, deren Körper allein zehn Zentimeter lang sein musste. Hodge fauchte mich an, als ich mich ihr näherte.

»Beruhige dich. Ich werde mich sicher nicht an ihr vergreifen«, sagte ich ziemlich mitgenommen und ging zurück zum Wagen. Hodge inspizierte seine Beute noch einmal behutsam, schüttelte sie ein letztes Mal, beschloss, sie nicht zu verspeisen, und sprang ins Auto.

Ich startete den Wagen nicht gleich, schaute erst bei offener Tür, ob sich auch wirklich nichts mehr im Innern befand, setzte mich dann zurück und atmete tief durch. Es war eine sehr große Ratte gewesen. Und wie in aller Welt war sie in den Wagen gekommen? Konnte sie hereingekommen sein, während der Mini unten am Kai parkte? Nein, das war völlig unmöglich, Hodge war zu der Zeit im Auto gewesen.

Hodge miaute leise und leckte eine Wunde an seinem Bein. »Ist auch alles in Ordnung mit dir, alter Kater?«, fragte ich und streichelte seinen Kopf – ich würde die Wunde desinfizieren, sobald wir wieder im Pub waren … »Jedenfalls bin ich sehr froh, dass *du* bei mir warst.«

Dabei fiel mir zum ersten Mal auf, was für ein Glück ich gehabt hatte, erstens, weil Hodge bei mir war, und zweitens, dass ich in den Rückwärtsgang geschaltet hatte. Sonst wäre ich vermutlich hilflos den Berg heruntergerollt, als die Ratte mich streifte. Wahrscheinlich wäre ich in Panik geraten und gegen eine Mauer gefahren oder über eine Haarnadelkurve hinaus auf dem Dach eines der Häuser dort unten gelandet. Ganz besonders deshalb, weil meine Reaktionsfähigkeit durch Miss Pentecosts Walnusswein gedämpft war. *Ich hasse Ratten.*

Mit einem Schlag war ich wieder stocknüchtern. Das hatte ich doch kürzlich jemandem gesagt. Wann war das und wo?

Ja, natürlich, gestern Abend in der Bar, vor drei Leuten: Nab, Toby und dem unbekannten, düsteren

Mann. War Mr. Vosper auch da? Ich dachte nach: War es möglich, dass jemand die Ratte absichtlich in meinen Wagen getan hatte, entweder um mich zu erschrecken oder um mich drastisch daran zu hindern, unangenehme Fragen zu stellen?
Wenn ja, wer?
Ich war ungefähr eine Stunde bei Miss Pentecost gewesen, genügend Zeit für jemand aus dem Dorf, hier hochzukommen. Miss Pentecost hätte auch Gelegenheit gehabt, es zu tun. Ich rekonstruierte, dass sie mich ziemlich lange allein gelassen hatte, als sie ihre Lebensmittel hereinholte. Aber warum sollte sie so etwas tun? Und woher hätte sie die Ratte haben sollen? Andererseits konnte sie nicht wissen, dass ich eine Katze bei mir hatte, Hodge war nicht in Erscheinung getreten. Der düstere Mann von gestern Abend hatte ihn auch nicht gesehen. Auch – das kam mir erst jetzt in den Sinn – Toby Trevelyan nicht. Also irgendwie schreckte ich zurück vor der Idee, dass Toby seinen Zweisitzer weiter oben geparkt haben könnte und zurückgeschlichen wäre, um mir eine Ratte in meinen Mini zu legen, während ich mich mit Miss Pentecost unterhielt.
Der Gedanke, dass irgendjemand es mit Absicht getan hatte, war unerfreulich genug.
Ich startete erneut und – Schaden macht klug – fuhr langsam und vorsichtig nach Penleggan, parkte den Wagen vor dem Pub und schloss ihn ab.
Mrs. Vosper servierte mir ein ausgezeichnetes Essen im kleinen Salon.

Danach behandelte ich Hodges Wunde, nahm ein Bad und ließ mich dankbar ins Bett fallen.
Einen Moment lang sah ich ein Gesicht vor mir – nicht mein Traumgesicht, sondern das von Toby Trevelyan, wie es ausgesehen hatte, als er das erste Mal meine Zeichnung sah: angespannt, mit diesem seltsamen Ausdruck in den Augen. Aber wenn es eine Person in Penleggan gab, die Gerald Trevelyan nicht ermordet haben konnte, dann war das sein Sohn: ein zehnjähriger Junge, der zu der Zeit, als es passierte, im Internat war.
Entschlossen schob ich den Gedanken an ihn fort, fiel in tiefen Schlaf und träumte weder von Katzen, Ratten oder Felsen noch von irgendeinem Gesicht.

7

Am nächsten Tag war wieder herrliches Wetter und immer noch diese unglaubliche Ruhe. Ich trank meinen Kaffee in Vospers kleinem Garten mit seinen verhutzelten, kümmerlichen Apfelbäumen. Von hier aus konnte ich den Hafen überblicken. Es war schon fast Ebbe, und das Wasser rieselte sanft den Felsen hinunter, dessen Spiegelbilder wie ein Bild auf dem grünen Wasser lagen. Sogar die Möwen saßen bewegungslos wie eine Reihe Tontauben auf der moosbewachsenen, steinernen Abschussrampe.

Ich nahm einen Krug Wasser und Desinfektionsmittel und säuberte Hodges Wunde. Währenddessen kam Mr. Vosper in den Garten geschlendert. Sein trauriges Gesicht erhellte sich ein wenig.

»Hatte er einen Kampf?«, meinte er in Richtung auf Hodge. »Wir haben hier in der Gegend ein paar alte, kräftige Kater.«

»Das war keine Katze, das war eine Ratte!«, erwiderte ich und erzählte ihm die ganze Geschichte.

Mr. Vosper zeigte sich angemessen bestürzt und beeindruckt über Hodges Tapferkeit – obwohl ich den Verdacht hatte, dass er meine Angaben bezüglich der Größe der Ratte für einigermaßen übertrieben hielt. Dann entstand eine Pause. Mr. Vosper kratzte mit kummervoller Miene an einem Rostfleck auf dem

kleinen schmiedeeisernen Kaffeetisch herum und pfiff vor sich hin. Mit reichlich verlegener Miene fragte er dann:
»Können Sie mir sagen, wie lange … ich meine, wann werden Sie uns voraussichtlich verlassen, Miss Frazer?«
Ich war ziemlich verblüfft. »Warum? Ich bin nicht sicher. Ich habe wirklich noch nicht darüber nachgedacht. Heißt das … Brauchen Sie mein Zimmer?«
Das war sehr unwahrscheinlich, denn ich hatte drei bis vier leere Zimmer neben meinem bemerkt, aber Mr. Vosper antwortete: »Ja, das ist es«, in einem erleichterten Ton, als wäre ihm eine so simple Erklärung noch nicht in den Sinn gekommen.
»Oh, ich verstehe. Ja, ist es möglich, dass ich bis morgen bleibe?«
»Ja«, meinte er zweifelnd. »Ja, das geht schon in Ordnung. Es tut mir sehr leid, Miss Frazer, ich möchte nicht ungastlich erscheinen oder … oder … Sie vertreiben, aber Sie wissen ja, wie das ist, wenn jemand im Voraus gebucht hat … so was gibt's bei uns nicht oft …« Er plapperte ziemlich unkontrolliert drauflos.
»Ich verstehe Sie schon«, beruhigte ich ihn. »Ja, dann … sollte ich wohl das Beste aus diesem Tag machen. Schließlich kann sich dieses herrliche Wetter ja nicht ewig halten.«
Ich holte meine Zeichenutensilien und malte eine, zwei Stunden lang. Wenn ich arbeite, denke ich nicht

sehr viel, zumindest nicht bewusst. Ich konzentriere mich ganz auf das, was ich male. Ich zeichnete und zeichnete, pausierte nur, um einen Kohlestift zu spitzen, Fixiermittel aufzutragen oder ein Stück Papier abzureißen, um ein neues Bild zu beginnen. Aber heute, als ich innehielt, um meine steifen Finger zu bewegen, kam mir die Unterhaltung mit Mr. Vosper wieder in den Sinn, sie spulte sich ab, deutlich wie von einem Tonband. Warum war er so ängstlich darauf bedacht, mich loszuwerden? Bevor er die Geschichte mit der Ratte gehört hatte, war das noch nicht der Fall gewesen.

Penleggan war nicht der friedliche Ort, der er zu sein schien. Unter der Oberfläche schwelten Spannungen, die ich offenbar zutage brachte. Vielleicht hatte Mr. Vosper recht, ich sollte hier wegfahren. Aber dann rebellierte etwas in mir: Es war nicht in meinem Interesse. Wenn ich schlecht für diesen Ort war, so war das nicht meine Schuld. Er war gut für mich. Ich fühlte mich viel ruhiger, munterer und entspannter als seit Monaten. Venetia hatte ja ohnehin vermutet, dass mir die Rückkehr nach Penleggan helfen würde. Oder es lag einfach daran, dass ich nicht mit George zusammen war. Ich merkte plötzlich, dass ich zwei Tage lang kaum an ihn gedacht hatte.

Der alte Nab, der Briefträger, kam den Kai entlanggehumpelt, um mir Guten Morgen zu sagen.

»Sehr hübsch!«, rief er bewundernd aus, als er meine Zeichnung von dem verlassenen, kleinen Haus sah. »Gute Arbeit! Sollten paar davon in Farbe machen, meine Liebe, wie sie sie in den Läden in Padstow ha'm, verkaufen würden se sich wie warme Semmeln, das würden sie, in kleinen weißen Rahmen.«

»Ich male das nur für mich«, erwiderte ich lachend. »Als Souvenir, falls ich diesen Ort wieder vergesse wie das letzte Mal.«

»Gut«, er nickte zustimmend. »Hab gehört, Sie fahren morgen, stimmt's?« Die Neuigkeit hatte offensichtlich schon die Runde gemacht.

»'s nur klug, das Wetter ändert sich schnell um diese Jahreszeit. Und der alte Kater da könnte neue Schwierigkeiten kriegen ...« Er zeigte auf Hodge, der sich in der Sonne aalte. »Hatte 'n Abenteuer mit 'ner Ratte, wie ich höre. Gibt 'ne Menge von diesen großen Viechern in Penleggan ... tun gut daran, ihn nach Hause zu bringen, wo er sicher ist.«

War das eine Warnung? Ich beobachtete ihn scharf, aber er wandte das Gesicht ab, schaute in die Ferne und fügte hinzu: »Sieht nach Sturm aus, werd heut Nachmittag Hummer fangen, 's wird Zeit, dass Mr. Vosper Ihnen einen zum Tee serviert.«

Ich lachte: »Zu schade ... Ich bin zum Essen eingeladen. Glauben Sie, dass Mr. Trevelyan mir Hummer reichen wird?«

Diese Neuigkeit schien den alten Nab zu verwirren. Seine weißen Augenbrauen hoben sich erstaunt. Aber er sagte nur in unbeteiligtem Ton: »Nun, glaub schon«, nickte, als wäre er mit etwas anderem beschäftigt, und wandte sich zum Gehen. Ich fange an, Gespenster zu sehen, dachte ich, während ich meine

Zeichnungen zusammensuchte. Hinter jeder harmlosen Unterhaltung vermute ich etwas Unheimliches. Meine Mitteilung konnte Nab wirklich nicht schockiert haben. Was konnte an einer Einladung bei Mr. Mark Trevelyan mit Miss Pentecost und seinem Neffen seltsam oder beunruhigend sein? Wahrscheinlich würde der alte Herr ermüdend sein, vielleicht gar versuchen, mich zu überreden, sein Porträt zu malen – ich war schon jetzt entschlossen, abzulehnen. Aber ich mochte Miss Pentecost und Toby ... Toby war eine reine Freude. Es gab mir ein warmes Gefühl der Vorfreude, ihn vor meiner Abreise noch einmal zu sehen.

Ich beschloss, eine Zeichnung vom Innern des Hauses zu machen, und öffnete meine Mappe, um die fertigen Bilder hineinzulegen. Dann hielt ich inne – bestürzt und überrascht.

Ich bin, was die Ordnung in meiner Mappe angeht, sehr eigen. Und ich war ganz sicher, dass ich das farbige Porträt von Tobys Vater obenauf gelegt hatte. Jetzt war es nicht mehr da. Ich durchblätterte den Inhalt, dann noch einmal mit mehr Sorgfalt. Vergebens: Das Porträt war weg. Hatte ich es am Strand liegen lassen, im Auto, im kleinen Salon, oben in meinem Zimmer? Ich rekonstruierte, was ich gestern alles getan hatte, und erinnerte mich jetzt ganz deutlich, dass ich es in meiner Mappe verstaut hatte, als ich mit Toby vom Strand wegging. Er hatte sie mir noch getragen. Dann, bevor wir zu Miss Pentecost fuhren, wollte ich mich noch schnell frisch machen

und hatte sie auf das Klavier gelegt. Heute Morgen hatte sie noch dort gelegen, unberührt.
Oder? Hatte jemand vielleicht das Porträt gestohlen, während ich bei Miss Pentecost war oder in der Nacht? Warum? Das wäre doch völlig unsinnig, dachte ich verärgert. Ich könnte es jedenfalls jederzeit wieder zeichnen.
Immer noch grübelnd, ging ich in das kleine Sommerhaus, diesmal ohne das unheimliche Gefühl von vorgestern Abend. Heute war es nur ein kleines Haus, feucht und in ziemlich schlechtem Zustand. Ich fragte mich, warum man es so hatte verfallen lassen. Wahrscheinlich gehörte es jetzt Mark Trevelyan oder Toby.
Vielleicht konnten sie das Gefühl nicht ertragen, immer an Gerald Trevelyan erinnert zu werden. Oder aber die Arbeiter hatten sich geweigert, an einem Spukhaus zu arbeiten.
Im hellen Morgenlicht wirkte es völlig harmlos. Der helle Sonnenschein offenbarte den schlechten Zustand des wurmstichigen Parkettbodens, Staubflocken flogen durch die Luft. Ich konnte meine Spuren von neulich sehen: neben dem Brett, worüber ich gestolpert war, und die Stelle, wo ich auf der Fensterbank gesessen hatte.
Es fiel mir schwer zu glauben, dass hier ein Mord begangen worden war und noch dazu in *meiner Gegenwart.*
Ich musste plötzlich an Vater denken, der einem Ruf nach Liverpool gefolgt war. Wie sehr würde er mei-

nen Versuch missbilligen, eine verlorene Erinnerung aus meiner Kindheit wiederzufinden. Ich konnte mir seinen skeptischen Gesichtsausdruck gut vorstellen, hörte geradezu seinen tadelnden Kommentar: »Meinst du nicht, dass das alles etwas melodramatisch ist, Meg? Wie kannst du nur glauben, dass dieses mysteriöse Wühlen in der Vergangenheit helfen wird?«

Ich war froh, dass Vater nicht da gewesen war, als ich abreiste. Ich fragte mich, ob ich diese fürchterlichen Erinnerungen vielleicht nicht verdrängt hätte, wenn Vater mitfühlender gewesen wäre, immer offen mit mir gesprochen und mich ermuntert hätte, mit ihm über alles zu reden.

Aber es führte zu nichts, sich darüber Gedanken zu machen. Vater war Vater, zurückhaltend und vorsichtig, wozu das Leben ihn gemacht hat.

Ich schwor mir, meine Kinder mit so viel Liebe zu erziehen, dass sie niemals von undefinierbaren Ängsten geplagt würden. Ich musste lächeln, die Ironie dieses Vorsatzes kam mir zu Bewusstsein, denn Kinder von George würden vermutlich fröhliche, phantasielose junge Bürger werden und sicher keine Opfer undefinierbarer Ängste. Ich brauchte mir um sie also kaum im Voraus Sorgen zu machen. Aber dieser Gedankengang brachte mich auf ein anderes Problem: War nicht meine frühe Verlobung mit George, der mir mit seiner Zuverlässigkeit Sicherheit gab, an der ich mich anlehnen konnte, auch auf meine unglückliche Kindheit zurückzuführen?

Offensichtlich schon, dachte ich unbehaglich. Ich hatte mich an ihn wie an den sprichwörtlichen Strohhalm geklammert. War das wirklich fair ihm gegenüber? War nicht der langsam aufkommende Groll gegen ihn im Grunde nichts anderes als mein unbewusstes Wissen, dass ich uns beiden erlaubt hatte, eine falsche Richtung einzuschlagen?

Ich schob diese quälenden Gedanken entschlossen beiseite und machte mich wieder an die Arbeit.

Nachdem ich ungefähr zwanzig Minuten lang gemalt hatte, wurde es plötzlich dunkler in dem kleinen Zimmer, die Sonne schien nicht länger durch die Fenster.

Ich fing diese Stimmung in meinem Bild auf – Dämmerung. Ein paar zusätzliche Striche ließen die Umrisse eines Kindes erkennen …

Der Himmel war klar an diesem Abend, dachte ich, kurz nach Sonnenuntergang, rötlich gold, die ersten Sterne waren schon aufgegangen.

Und dann schaute plötzlich jemand zum Fenster herein.

»Hier sind Sie also? Wie geht es Ihnen heute? Ich wollte Sie fragen, ob Sie nicht Lust hätten, mit mir heute Nachmittag zu einem unserer herrlichsten Fleckchen zu kommen. Wie ich gehört habe, fahren Sie morgen schon ab?«

Sein plötzliches Kommen hatte mich derart erschreckt, dass meine Hand ausrutschte und einen schwarzen Strich über die Zeichnung zog und die Kohle dabei abbrach. Ich hob den gebrochenen Teil auf und erwiderte beherrscht:

»Danke, Mr. Trevelyan, ich hätte große Lust dazu.«
»Oh, nennen Sie mich bitte Toby. Mr. Trevelyan klingt nach Onkel Mark.«
»In Ordnung, Toby.«
Er schlüpfte unter der heilen Türhälfte hindurch, schaute sich gleichzeitig um und sagte mit einem Zittern in der Stimme: »Dieses Haus macht mir Angst. Wenn es mir gehörte, würde ich es abreißen lassen. Warum kommen Sie nicht mit mir nach draußen in die Sonne ... das heißt, falls Sie fertig sind?«
»O ja, ich bin fertig.« Ich war sowieso nicht mehr in Stimmung und folgte ihm. »Es gehört also Ihrem Onkel?«
»Ja«, meinte er mit einer Endgültigkeit in der Stimme, die jede weitere Diskussion im Keim erstickte. »Wie ist es Ihnen bei Miss Pentecost ergangen?«, fuhr er in völlig verändertem Ton fort. »Ist sie nicht ein Schatz? Ich hätte Sie trotzdem vor ihrem Gebräu warnen sollen, manchmal hat es mehr als neunzig Prozent Alkohol. Ich hoffe, es ging Ihnen nachher nicht allzu schlecht?«
»Nein, wirklich nicht.«
Ich war jetzt nicht in der Laune, ihm von der Ratte zu erzählen. »Sie war sehr nett. Aber sie hat mir nicht viel mehr erzählt, als ich selber schon wusste. Wohin gehen wir eigentlich?«
»Ich möchte Ihnen einen Ort namens Merlins Höhle zeigen. Mein Vater ist immer mit mir dorthin gegangen, als ich noch ein kleiner Junge war. Es ist ein Paradies für einen Maler, man findet dort die erstaun-

lichsten Grün- und Blautöne, ganz zu schweigen von den Farben der Felsen.«

»Das klingt ja wunderbar. Soll ich meinen Badeanzug mitnehmen? Laufen wir oder fahren wir mit dem Wagen?«

»Weder – noch. Ich werde mir Walt Vospers Motorboot ausleihen. Ja, nehmen Sie Badezeug mit. Der Strand dort ist wunderschön ... kaum eine Menschenseele setzt dort ihren Fuß hin. Ich habe Mr. Vosper gebeten, uns einen kleinen Imbiss vorzubereiten.«

»Sie scheinen ja an alles gedacht zu haben«, bemerkte ich kühl, aber Toby grinste mich nur vertrauensvoll an und meinte: »Ja, nicht wahr? Als Abschiedsgeschenk, weil Sie morgen fahren. Es ist wirklich herrlich dort.«

Er wirkte derart unbefangen, dass ich den Gedanken unterdrückte, er habe das alles nur organisiert, um mich vor Schaden zu bewahren.

»Walt hat mir erzählt, Sie hätten eine zahme Katze bei sich. Möchten Sie sie vielleicht mitnehmen?«

Ich fühlte mich der Aufregung, Hodge im Boot mitzunehmen, heute wirklich nicht gewachsen – noch glaubte ich, er würde Spaß daran haben –, besser, er blieb in meinem Zimmer, ich stellte ihm eine Schüssel mit Wasser hin und bat Mrs. Vosper, ihn zu füttern.

»Ich werde heute Abend mit dir spazieren gehen«, versprach ich ihm. »Ruh dich schön aus. Es würde dir gar keinen Spaß machen, ehrlich.«

Er schaute mich böse an und begann, seinen Unterleib zu lecken, um mir zu zeigen, dass nichts ihn weniger interessierte als meine Unternehmungen.

Als ich hinauskam, verstaute Toby gerade den Picknickkorb in einem schäbigen rot-weißen Motor-Dingi.

»Wir brauchen ungefähr eine Stunde dorthin.« Er schaute auf seine Uhr. »Die Flut kommt um fünf, also haben wir noch Zeit, die Höhle zu besichtigen und zwei bis drei Stunden am Strand zu bleiben.«

Er half mir ins Boot und löste die Leine.

»In welche Richtung fahren wir?«

»Westlich der Küste entlang Richtung Newquay. Man kann es nur mit dem Boot erreichen ... deshalb ist es auch so schön dort. Es ist zu weit zum Laufen, man würde unweigerlich von der Flut überrascht. Es ist keine Bucht ..., nur eine Höhle in den Felsen.«

»Gibt es auch einen Weg über die Felsen?«, fragte ich, als wir geräuschvoll aus dem Hafen ausliefen. Über uns zur Rechten lag Trevelyans Haus schläfrig zwischen Bäumen. Als wir die Landspitze umfuhren, sah ich zur Linken das Geröll, wo ich als Kind ausgerutscht war, und die Bucht, wo ich mit Mutter gespielt hatte ...

»Über die Felsen? Hoffnungslos. Es sei denn, man wäre ein professioneller Bergsteiger. Die Küste ist zu steil. Nein, ein Boot ist wirklich das einzig Wahre. Man hat dort auch einen schönen Ausblick.«

Das war wirklich nicht übertrieben. Die hügelige

Landschaft erstreckte sich weit nach Westen, im Landesinneren grüne Felder, am Meer Hügel, bewachsen mit goldbraunem Farn und Ginster, darunter steile, schwarze Felsen und eine schmale, weiße Sandküste.
»Der Strand ist schön leer«, bemerkte ich.
»Ist es nicht schön, Sand zu sehen, ohne lauter Menschen darauf?«
»Sie überraschen mich«, meinte ich. »Ich hätte gedacht, Sie würden danach lechzen, Küstenlifte die Felsen hinunter anzubringen und Sandkästen für Kinder … und Liegestühle und ein oder zwei Stege …«
»Oh, hören Sie doch auf!« Toby grinste mich an. »Ich möchte nichts anderes, als anständigen Leuten, die gerne in ihrem Heimatdorf bleiben wollen, einen Lebensunterhalt bieten. Ich will keine Strandpavillons oder Spielhöllen, das wissen Sie gut genug … Obwohl, es würde schon Spaß machen, einen Lift zu bauen«, fuhr er nachdenklich fort. »Hydraulisch … man füllt oben einen Tank mit Wasser, und ab geht's nach unten, währenddessen kommt der andere Wagen von unten nach oben – wie bei den Eimern in einem Brunnen.«
Ich fragte ihn nach seiner Arbeit, und er erzählte mir davon. Dann kamen wir auf Bücher zu sprechen, die wir gelesen, und Filme, die wir gesehen hatten. Die Zeit verging im Handumdrehen. Ehe ich es mich versah, waren wir am Ziel. Ich half Toby, das Boot an Land zu bringen. Es war ein schmaler, weißer Sandstrand. Dann zeigte Toby mir die Höhle.

Ich war eigentlich gar nicht so erpicht darauf, obwohl ich es Toby nicht sagte, er war so begeistert von der Idee. Irgendetwas an diesen kalten, feuchten, felsigen Höhlen kam meinem Wunsch nach Geborgenheit allzu nahe. Diese war allerdings eine besonders hübsche Ausgabe mit einem hohen Deckengewölbe wie bei einer gotischen Kirche und, wie Toby gesagt hatte, Wasser und Felsen zeigten wundervolle Farbeffekte. Trotzdem war ich nicht allzu böse, als wir wieder hinaus in die Sonne gingen.

Wir badeten, nahmen einen späten Imbiss ein und unterhielten uns lange. Wie seltsam es doch war, mit einem Menschen, von dessen Existenz ich zwei Tage zuvor noch nichts gewusst hatte, so vertraut zu sein. Reden, schwimmen, im Sand vor sich hin dösen, all das war idyllisch, aber September ist nun mal nicht Juli und die Nordküste von Cornwall nicht die Riviera.

Als die Sonne tiefer sank, meinte ich: »Toby, glauben Sie nicht, dass wir allmählich daran denken sollten, aufzubrechen? Die Flut ist schon bis zu unserem Boot gestiegen, und es wird etwas kühl.«

»Ja, natürlich …, es tut mir leid …, ist Ihnen kalt? Ich bin immer so glücklich, wenn ich hier bin, dass ich gar nicht merke, wie die Zeit vergeht … besonders heute.«

»Nein, mir ist überhaupt nicht kalt, und ich habe es sehr genossen. Aber ich bin in der Stadt aufgewachsen … und habe schreckliche Angst davor, von der Flut überrascht zu werden.«

Ich blickte die Küste entlang, in beiden Richtungen schlug das Wasser schon gegen die Felsen, nur auf unserem kleinen Strand noch nicht.
»Also, gehn wir«, sagte Toby beruhigend. »Ich werde nur schnell noch die Picknicksachen einsammeln.«
Wir kletterten ins Boot und warfen noch einen Blick zurück zum Strand, er war kaum mehr zu sehen. Die Felsen lagen im Schatten, schwarz und eindrucksvoll, und der Höhleneingang sah nur noch aus wie eine dunkle Felsspalte.
»Sie scheinen diese Küste sehr gut zu kennen«, sagte ich. »Ich hätte diese Stelle vom Meer aus nie gefunden. Es ist wirklich ein herrliches Stückchen Erde. Vielen Dank, dass Sie mich mitgenommen haben. Ich habe wirklich … Ist etwas nicht in Ordnung?«
»Ich weiß nicht«, erwiderte er stirnrunzelnd und versuchte, den Motor anzulassen. »Es kann nicht viel sein, normalerweise startet Walts Boot wie eine Eins.«
Er versuchte es nochmals, ein, zwei, ein Dutzend Mal – dann öffnete er die Luke und bastelte besorgt am Motor herum.
»Kann ich etwas tun?«
»Könnten Sie uns vom Strand wegrudern?«
Er reichte mir ein Paddel. Es war höchste Zeit. Die Wellen hatten mittlerweile den Strand überrollt, und unser dürftiges Gefährt wurde gefährlich nahe an die kantigen Felsen getrieben. Ich ruderte um mein Leben. Toby inspizierte den Motor.
»Das scheint in Ordnung zu sein … und das auch. Es ist ein prima Motor … er ist nicht kaputt.«

»Nun«, meinte ich zögernd, ich musste daran denken, wie George mich angefahren hätte. »Könnte es nicht sein, dass wir kein Benzin mehr haben?«
»Kaum. Ich habe kurz vor der Abfahrt vollgetankt. Ich werde trotzdem nachsehen, um ganz sicherzugehen. Könnten Sie mir bitte dieses Ding dort herüberreichen? Walt benutzt es immer für die Benzinprobe.«
Ich tat wie mir geheißen, und eine Minute später rief Toby aus: »Himmel und Hölle!« und starrte ungläubig und konsterniert auf den Stock. »Wie in Gottes Namen ...! Wir können in einer Stunde nicht so viel verbraucht haben, aber es ist so.«
»Ein Loch im Tank?«
»Vermutlich. Es muss wie wahnsinnig auslaufen. Zum Glück hat Walt immer einen Reservekanister dabei, sonst wären wir geliefert.«
Das kleine Boot schaukelte jetzt gefährlich hin und her, der Wellengang war stärker geworden. Toby kroch nach vorne, öffnete eine Luke am Bug und warf ein Durcheinander verschiedener Sachen hinter sich. »Er muss hier irgendwo sein. Komisch ... normalerweise ist er immer hier vorne ...«
In diesem Augenblick fühlte ich zum ersten Mal Angst in mir aufsteigen – diesen seltsamen Schock, gemischt mit Unglauben, mit dem die Möglichkeit die Gefahr zu verdrängen versucht: Das kann doch mir nicht passieren. Das kann nicht wahr sein.
Das Boot schlug gegen einen Felsen.
»Können Sie etwas weiter wegrudern?«, rief Toby mir

zu. »Oder warten Sie … ich werde es tun. Sie suchen solange den Benzinkanister.«
Er kletterte nach hinten, ein Ruder in der Hand, das er vorne auf einer Planke gefunden hatte, und versuchte uns langsam von den Felsen wegzurudern.
Im selben Augenblick merkte ich, dass wir mit großer Geschwindigkeit abgetrieben wurden. Die Geschwindigkeit, mit der die Felsen an uns vorbeirasten, hatte etwas Faszinierendes. Resolut wandte ich den Blick ab und versuchte, nach vorne zu gelangen.
»Nun?«, fragte Toby fünf Minuten später. »Wie sieht's aus? Kein Benzin an Bord?«
Ich nickte jämmerlich. Irgendwie fand ich das Ganze für ihn viel schlimmer als für mich. Es war sein Ausflug, seine Idee, seine Verantwortung … und sein Gesicht zeigte deutlich die Vorwürfe, die er sich machte.
»O Gott. Was bin ich bloß für ein Idiot. Ich könnte mich umbringen. Wie konnte ich nur vergessen, nach dem Reservekanister zu schauen? Aber Walt hat immer einen an Bord. Und dann noch ein Loch im Tank – das ist wirklich ein bisschen viel – warum musste es aber ausgerechnet jetzt, wo Sie bei mir sind …«
»Nicht, Toby! Bitte machen Sie sich keine Vorwürfe. Das hätte jedem passieren können. Es ist wirklich nicht Ihre Schuld. Und es ist ja nicht so schlimm. Wir werden es schon schaffen. Können wir zurückrudern?«
»Ich fürchte, nein«, antwortete er grimmig. »Die Flut

wird uns zweimal so schnell in die andere Richtung treiben. Wir sollten uns lieber darauf konzentrieren, dass man uns findet. Zum Glück wird es ja noch nicht so schnell dunkel. Haben Sie irgendetwas Weißes bei sich? O ja, Ihr Handtuch. Das ist gut. Sie winken damit, und ich werde versuchen, uns von den Klippen fernzuhalten. Das ist unser Hauptproblem.«

Ich kam mir wie ein Idiot vor, mit einem Handtuch ins Nichts zu winken, ich hatte das Gefühl, dass es ohnehin nur für die Möwen war, sie schienen mich spöttisch anzugrinsen. Aber Tobys verzweifelte Ruderversuche beschämten mich, und ich winkte und winkte, bis mir die Arme wehtaten.

Ich überlegte, wie George sich wohl in dieser Situation verhalten hätte. Natürlich war der Gedanke, dass George sich in einem Motorboot ohne Benzin befände, fast unvorstellbar. So etwas passierte ihm einfach nicht, weil er für guten Service jeden Preis bezahlte und ihn deshalb auch bekam. George wäre wahrscheinlich schrecklich wütend geworden und hätte jedem Anwesenden die Schuld gegeben. Geholfen hätte das auch nicht viel, besonders da die einzige Anwesende ich war. Mit Toby war es viel einfacher.

»Sie sind ein Engel, dass Sie das alles so gelassen hinnehmen; ich könnte mir vorstellen, die meisten Mädchen würden ein ganz schönes Theater machen.«

»Oh, ich bin sicher, es ist eine gute Therapie gegen meine Albträume, mal eine Abwechslung. Ich bin sicher, es ist genau das, was ich brauche.« Ich hoffte, meine Stimme würde nicht so zittrig klingen, wie ich mich allmählich fühlte. Wie lang würde ich noch durchhalten mit dem Handtuchwedeln? Und wenn es dunkel wurde? Toby hatte für die Höhle eine Taschenlampe mitgebracht, aber das Licht war schon vorhin ziemlich schwach gewesen. Die Batterie war offensichtlich am Ende.

Ich dachte an Hodge, allein in meinem Zimmer …

»Etwas beruhigt mich«, sagte Toby. »Schließlich wissen ja eine Menge Leute, dass wir hier sind: Nab, Onkel Mark und Walt. Sie werden sich allmählich wundern, dass wir noch nicht zurück sind. Walt braucht wahrscheinlich sein Boot. Ich bin wirklich erstaunt, dass er nichts von dem Loch im Tank wusste.«

Mir kam ein schrecklicher Gedanke. Vielleicht hatte er es gewusst? Oder vielleicht irgendjemand anders, der heimlich den Reservekanister entfernt hatte? Am Hafen standen schließlich ein halbes Dutzend Dingis. Es wäre keine Schwierigkeit, unbemerkt von einem zum anderen zu schlüpfen.

Ich erzählte Toby jedoch nichts davon und konzentrierte mich auf mein Winken.

Eine halbe Stunde verging, ohne dass etwas geschah. Es wurde allmählich ziemlich kühl. Hatte Nab nicht gesagt, es würde ein Sturm aufkommen? Es war sehr weit bis zur Küste.

»Die Strömung treibt uns weiter ab. Aber es ist wirklich besser so«, beantwortete Toby meine unausgesprochene Frage. »Das kleine Boot ist haltbarer, als

es aussieht. Wir sind hier wirklich sicherer als in der Nähe der Felsen, glauben Sie mir.«
»Ich verstehe.« Glücklicherweise hatte mich die jahrelange Erfahrung disziplinierter Gespräche mit meinem Vater gelehrt, mich zu beherrschen. Ich tat also mein Bestes, mit gelassener Stimme zu reden.
Toby lächelte mich plötzlich an und strich sich die Locke aus dem Gesicht, die ihm beim Rudern immer wieder in die Stirn fiel. Seine Augen strahlten, trotz der Sorgenfalten sah er plötzlich um Jahre jünger aus.
»Meg«, er räusperte sich, »Meg, wissen Sie eigentlich, dass Sie ein richtiger Schatz sind? Hätte ich die Möglichkeit, mir das Mädchen auszusuchen, mit dem ich am liebsten auf offener See in einem Boot ...«
»Psst, einen Augenblick ... hören Sie doch! War das nicht der Klang eines Motors?«
Beide horchten wir angestrengt mit gespitzten Ohren.
»Wir müssen rufen!«, meinte Toby.
Wir reagierten uns in einem langen Schrei ab. Ich winkte mit dem Handtuch, als gälte es, die Weltmeisterschaft im Handtuchwedeln zu erringen ...
»Es ist ja schon gut«, ließ sich eine tadelnde Stimme vernehmen.
»Bin ja nich taub, auch nich blind. Bin euch die letzte halbe Stunde gefolgt. War 'ne ganz schön schaukelige Angelegenheit!«
Ein kleines, blaues Boot kam an unsere Seite gefahren, und eine Leine flog zwischen uns.
»Seht ja noch ganz lebendig aus!«
»Nab! Ich bin froh, dich zu sehen!«

»Na, dann halten Se sich jetzt mal fest, Master Toby, und sitzen Se nich da und glotzen wie ’n U-Boot!«, meinte Nab, der Briefträger, scharf. »Ha’m mich ganz schön weit von meinen Hummern weggelotst. Du überraschst mich, mein Junge, nein wirklich. Die junge Dame auf so ’ne abenteuerliche Spritztour mitzunehmen. Hier, fang den Riemen und das Ruder … brauchst nich zu denken, dass meine olle Maschine die ganz Arbeit alleine macht.«

»Sehen Sie«, sagte Toby, als wir endlich in den Hafen von Penleggan tuckerten. »Wir sind nicht sehr viel später zurück als geplant, das haben wir Nab zu verdanken.«

Er nahm meinen Arm und half mir aus dem Boot. Ich war ihm dankbar für seine Hilfe. Ich fror und fühlte mich lächerlich schwach.

Es wehte ein heftiger Wind, und die Wolken im Westen zogen sich bedenklich zusammen. Der Himmel war von einem tiefen Dunkelrot, und die Seemöwen kreischten und flogen nervös durcheinander.

»Das ist das Ende des schönen Wetters, fürchte ich. Sie werden noch froh sein morgen, wenn es Bindfäden regnet, dass Sie jedermanns Rat befolgt haben und nach London gefahren sind.«

Ein großer, schwarzer Wagen fuhr langsam die steile Straße zum Trevelyan-Haus hinauf.

»Das ist Minkins«, erklärte Toby. Ich vernahm wieder das Lachen in seiner Stimme. »Er hat zweifellos Delikatessen für Ihr Essen heute Abend besorgt. Onkel Mark lebt fast nur von Eiern.«

»Wer ist Minkins?«
»Marks Chauffeur-Butler-Majordomo … schon solange ich denken kann. Seltsamer alter Vogel. Er und Mark sind unzertrennlich.«
Mr. Vosper hielt schon vor dem Gasthof nach uns Ausschau. Bevor Toby ihm die Sache mit dem Tank erklärte, sprach er mich an: »Oh, Miss, vor zehn Minuten ist ein Telegramm für Sie gekommen. Und Mr. Toby, Mr. Minkins war hier, um Ihnen etwas auszurichten … Ihr Büro hat angerufen, in der Saltask-Gießerei wäre ein schlimmer Brand ausgebrochen und ob Sie noch heute so schnell wie möglich kommen könnten?«
»O Gott«, rief Toby aus. »Ein Brand? Wie in aller Welt konnte denn das passieren? Ich muss natürlich sofort fahren. Ich gehe besser gleich meine Sachen holen.«
»Mr. Minkins hat sich so etwas gedacht und Ihren Koffer gleich mitgebracht. Er ist schon in Ihrem Wagen.«
»Oh, das war sehr freundlich von ihm. Ich hoffe, Sie haben keine schlechte Nachricht erhalten?«
»Nicht unbedingt.« Ich las mir das Telegramm, das ich mit zitternden Händen hielt, nochmals durch. Es lautete folgendermaßen:
Was führt Dich um Himmels willen in diese Einöde? Kommst Du zurück, oder muss ich Dich holen?
Keine sehr erfreuliche Botschaft. Es war ihm offensichtlich gelungen, Venetias Verteidigung zu durchbrechen. Ebenso eindeutig war, dass er dabei einige

Kratzer abbekommen hatte. Wie ich schon sagte, Venetia war von Anfang an nicht unbedingt für George gewesen.

»Nun«, ließ sich Toby vernehmen, »ich glaube, ich fahre dann besser gleich los. Es tut mir sehr leid, dass ich Sie nun heute Abend nicht sehen werde …«

Wir schauten einander ziemlich unschlüssig an.

Ich fühlte mich seltsam unglücklich, so als müsste ich von einem langen, wichtigen Teil meines Lebens Abschied nehmen und nicht von einem verhältnismäßig Fremden, den ich gerade erst kennengelernt hatte.

»Sie werden vermutlich so schnell nicht wieder hierherkommen? Penleggan scheint Ihnen kein Glück zu bringen.«

»Nein, nicht unbedingt … Kommen Sie vielleicht mal nach London?«

»Ich glaube kaum. Ich nehme an, Sie werden bald heiraten?«

»Ich nehme es an. Also viel Glück.«

»Viel Glück«, erwiderte er langsam. »Und es tut mir leid wegen heute Nachmittag.« Er wandte sich ab, stieg in seinen Zweisitzer, schien zu zögern, winkte mir dann noch einmal kurz zu und fuhr davon.

Ich ging benommen hinein, ich musste mich ja noch für das langweilige Essen zurechtmachen. Ich hatte jetzt gar keine rechte Lust mehr dazu. Was bedeutete ich Mark Trevelyan schon oder er mir? Ich hatte ganz sicher nicht die Absicht, ihn zu porträtieren.

Ich holte das einzige elegante Kleid, das ich mit-

gebracht hatte, aus dem Schrank, wobei mir auffiel, dass Hodge nicht mehr auf dem Bett lag.
»Wissen Sie, wo mein Kater ist?«, fragte ich Mrs. Vosper.
»Nein, Miss. Ich habe ihn am Nachmittag einmal miauen hören, aber Sie haben mir ja verboten, ihn rauszulassen, deshalb habe ich es nicht getan. Als Sie kamen, wollte ich ihn gerade füttern.«
Irgendjemand hatte ihn auf alle Fälle herausgelassen, die Tür meines Zimmers war jedenfalls offen, als ich ankam.
Etwas beunruhigt zog ich mich schnell an und machte mich auf die Suche nach Hodge, sah in jeden Winkel, jedes Eckchen der kleinen Gassen, rief seinen Namen vergebens. Schließlich musste ich es aufgeben, denn die Höflichkeit gebot, nicht zu spät zum Essen zu kommen.
Ich ließ das Wagenfenster offen – sämtliche Ratten der Welt waren mir im Moment egal. Es war mir wichtiger, dass Hodge bei seiner Rückkehr wusste, dass ich ihn nicht im Stich gelassen hatte. Also ging ich eben zu Fuß, widerwillig und mit nagender Unruhe, die ich zu unterdrücken versuchte, weil sie mir albern vorkam. Schließlich war es nicht das erste Mal, dass Hodge für Stunden verschwunden war.
Ich nahm mir vor, meine lange Fahrt morgen vorzuschützen und früh nach Hause zu gehen.
Natürlich würde Hodge wieder auftauchen und bei meiner Rückkehr ruhig auf meinem Bett liegen. Ganz bestimmt.

8

Ein düsterer Mann mit ausdruckslosem Gesicht ließ mich ein. Ich hatte ihn schon einmal an der Bar des Trevelyan Arms gesehen. Er war vermutlich Minkins. Mir fiel auf, dass er besonders gut rasiert war.
»Mr. Trevelyan erwartet Sie im Garten, gnädiges Fräulein. Ich werde Sie zu ihm bringen.«
Das überraschte mich ein wenig. Es war mittlerweile schon sehr stürmisch draußen. Nicht gerade das richtige Wetter, um draußen zu sitzen. Wir gingen durch das Haus – ich bekam nur einen flüchtigen Eindruck davon: mit Fliesen belegte Böden, eine Menge alter Renaissancemöbel –, und Minkins führte mich gleich eine Treppe hinunter, die sich über verschiedene Terrassen erstreckte, jede davon überdacht mit verschiebbaren Plastikplanen, die sie vor dem Wind schützten. Von hier aus konnte man die Küste in beiden Richtungen überblicken – ein herrliches Panorama!
Auf der unteren Terrasse stand ein Tisch mit Gläsern und Karaffen, auf einer Chaiselongue daneben saß ein Mann.
»Dort ist er, gnädiges Fräulein.« Mit diesen Worten verabschiedete sich Minkins. Ich ging weiter.
Die untere Terrasse war umgeben von einer Mauer, und dahinter zur Rechten schlängelte sich ein stei-

niger Pfad. Dort draußen war ich am ersten Abend spazieren gegangen. Der Eierbecher des Teufels musste also direkt unterhalb der Terrasse liegen. Das wurde durch die Schaumbälle bestätigt, die unaufhörlich über die Mauer flogen. Heute Abend im Licht der untergehenden Sonne sahen sie rosa aus, wodurch die Szene wirkte wie ein futuristisches Bild. Es war seltsam, sie wild durcheinanderwirbeln zu sehen, während ich vom Wind geschützt unter der Plane stand.

Mark Trevelyan war in eine Wolldecke gehüllt. Er saß mit abgewandtem Gesicht und schaute in die Ferne, neben ihm auf dem Stuhl lag ein Feldstecher. Ich ging näher und sagte:

»Guten Abend, Mr. Trevelyan«, klar und deutlich, falls er schwerhörig war, und wegen des Windes.

Er wandte sich um.

Drei Dinge schossen mir auf einmal durch den Kopf: Erstens, wie gut er sich pflegen musste – er sah hager und ausgetrocknet aus, aber elastisch wie eine gut erhaltene Mumie; zweitens, wie ähnlich sich die Zwillingsbrüder, Gerald und Mark, gesehen haben mussten, als sie jung waren. Niemand hatte das mir gegenüber erwähnt. Ich nehme an, es war selbstverständlich für die Menschen, die ihn ein Leben lang kannten. Und drittens und letztens, ich erkannte, was mich an dem Porträt meines Traumgesichts gestört hatte.

Der Bart fehlte. Mark Trevelyan hatte einen gepflegten kleinen Bart, weiß und seidig.

Mir stockte der Atem.
»Miss Frazer«, sagte er, während er sich erhob. »Wie freundlich von Ihnen, mich hier in meiner Einsiedelei zu besuchen. Ich hoffe, es macht Ihnen nichts aus, ein wenig draußen zu sitzen. Tobys Planen halten den Wind ganz gut ab, finden Sie nicht auch? Und es war nur recht und billig, Ihnen den wunderschönen Ausblick zu zeigen. Es tut mir so leid, dass Toby wegfahren musste, aber Miss Pentecost wird jeden Augenblick hier sein. Sie malt Aquarelle, wie ich gehört habe ... so etwas wie eine Kollegin von Ihnen. Ich fürchte, mehr Künstler hat unser ruhiges Dorf nicht zu bieten. Aber ich hoffe, Sie genießen Ihren Aufenthalt hier? Ich hörte, Toby hat mit Ihnen heute Nachmittag einen Ausflug gemacht.« Er sah leicht amüsiert aus.
»Ich ... ja, vielen Dank«, antwortete ich mechanisch. Ich konnte die Augen nicht von seinem Gesicht abwenden. Das war also die einfache Erklärung. Deshalb hatte ich das Gesicht zuerst in dem Schaukelstuhl und dann – ich konnte mich jetzt ganz genau erinnern – *über mir* gesehen, das gleiche Gesicht, das zum Fenster hereinschaute. Aber mit welch einem Ausdruck! Kein Wort, nur die zwei marionettenhaften Gesichter, die sich anstarrten. Und dann dieser abscheuliche, laute Knall.
Ich verharrte lange in Schweigen.
»Oh, meine Liebe«, begann Mark Trevelyan sehr sanft. »Wissen Sie, dass ich befürchtet habe, so etwas könnte passieren? Es ist sehr, sehr schade, dass Sie

zurückkommen mussten! Und dass keine meiner kleinen Warnungen gewirkt hat.«
Ich dachte keinen Augenblick daran, ihm etwas vorzumachen. Es wäre mir auch gar nicht gelungen, ich war keine Schauspielerin. Und ich war auch neugierig. Die Angst war noch nicht zutage getreten. All das hier: der herrliche Ausblick, der summende Wind, das rötliche Licht, die fliegenden Schaumflocken, war so anders als die unheimliche Dunkelheit in meinem Traum.
»Warum haben Sie es getan?«, platzte ich heraus. »Warum haben Sie Ihren Bruder ermordet? Er war ein guter Mensch, alle sagen das.«
»Gut?«, sagte Mark Trevelyan verächtlich. »Ich fürchte, da bin ich anderer Meinung. Er war ein Vandale … ein Heiligtumschänder. Wenn ich ihm seinen Willen gelassen hätte, wäre Penleggan heute eine Art Blackpool mit Fabriken, Tanzlokalen und jungen Leuten … Wie nennt man sie noch? Hippies. Nepplokale – glauben Sie wirklich, ich hätte so etwas erlaubt?«
Er schob trotzig das Kinn vor und schaute mich missbilligend mit halb geschlossenen Augen an.
»Sie sind Malerin, meine Liebe. Sie müssen doch sicher verstehen können, dass seine Ideen untragbar waren? Hätte ich ihm erlauben sollen, diese Felsen hier, die seit Generationen unserer Familie gehören, mit Bungalows und Tankstellen zu bebauen? Nein, es gab nur eine Lösung. Bei meinem ersten Versuch – ich bohrte ein Loch in sein Segelboot – machte ich einen Fehler. Beim zweiten Mal musste es klappen,

ich erschoss ihn mit seinem eigenen Gewehr durch das Fenster seines Sommerhauses. Unglücklicherweise waren Sie dort – ich sah Sie kurz nachdem ich abgedrückt hatte –, aber es stellte sich heraus, dass Sie bewusstlos waren, und als ich zwei Tage später erfuhr, dass Sie an Gedächtnisschwund litten, war ich sehr erleichtert, keine weiteren Aktionen planen zu müssen …

Ich hatte vorgehabt, ihm anschließend das Gewehr in die Hand zu legen. Es sollte nach Selbstmord aussehen, aber Ihr Anblick hat mich völlig verwirrt. Zu schade. Bei seinem Gesundheitszustand – wäre es da nicht glaubhaft gewesen, dass er seinem sinnlosen Leben ein Ende bereiten wollte?«

Mark Trevelyan schaute mich an mit seinen kleinen, glänzenden, kalten Augen und wiederholte noch einmal voller Bedauern:

»Wirklich ein Jammer, dass Sie herkommen mussten, beide Male.«

Angst überkam mich, aber ich fragte mit fester Stimme – ich wollte den Ton der höflichen Unterhaltung unbedingt beibehalten, um Zeit zu gewinnen: »Ich weiß immer noch nicht, wie Sie es getan haben. Hieß es nicht, Sie wären bei Ihrer Tante im Krankenhaus gewesen, um ihr vorzulesen?«

Etwas Weißes hinter seinem Rücken erregte meine Aufmerksamkeit, ich erkannte darin meine verloren gegangene Zeichnung, der Wind trieb sie über die Fliesen. Ich nahm an, dass Minkins sie aus dem Pub entwendet hatte.

»Nichts einfacher als das«, antwortete er. »Ich habe meiner Tante vorgelesen, bis sie einschlief … Sie blieb nie länger als fünf Minuten wach. An diesem Abend wurde im Radio eine Sendung von mir übertragen. Zur Sendezeit war ich im Krankenhaus und las ihr dieselben Gedichte vor, die auch im Radio kamen. Sobald das alte Mädchen eingenickt war, schaltete ich den Apparat an, laut genug, damit man es von außen hören konnte, und kletterte zum Fenster hinaus – ihr Zimmer war im Erdgeschoss.

Ich wusste, dass die Oberin ihr Fahrrad immer draußen am Haus abstellte, lieh es mir aus und war im Handumdrehen unten im Dorf. Ich trug eine Strickmütze, und es war dunkel draußen. Die Gefahr, dass mich jemand erkennen würde, war also nicht sehr groß. Der Weg zurück den Hügel hinauf war schon anstrengender, obwohl Miss Pentecost glücklicherweise Dreigangschaltung an ihrem Rad hatte – eine sehr praktische Erfindung –, und ich erlitt einen leichten Herzanfall, als ich zurückkam. Ich hatte gerade noch Zeit gehabt, das Radio auszuschalten.

Sie dachte, ich wäre tot, als sie aufwachte, die arme, alte Seele. Seither habe ich natürlich besser auf mich aufgepasst, aber damals war der Herzanfall nur von Vorteil gewesen.«

»Gesetzt den Fall, jemand wäre ins Zimmer gekommen, während Sie unterwegs waren?«

»Sie erlaubte niemandem, das Zimmer zu betreten, während ich ihr Gedichte vorlas. Nein, in dieser Hinsicht hatte ich nichts zu befürchten.«

Er lehnte sich zurück mit selbstzufriedenem Lächeln wie ein eingebildeter Pfau.
»Und das Gewehr? Was haben Sie damit gemacht?«
»Meine Tante hatte ein riesiges Puzzlespiel von der Schlacht von Waterloo auf einem Tisch in ihrem Zimmer, nicht mal halb fertig. Sie spielte selten damit. Drei Wochen lang lag das Gewehr in der großen Schachtel unter all den losen Teilen. Als es mir dann besser ging, habe ich es herausgeholt, während sie schlief, und Minkins hat es weggeworfen, dorthin.«
Er nickte in Richtung Eierbecher des Teufels.
»Angesichts der widrigen Umstände habe ich doch erstaunliche Geistesgegenwart bewiesen, finden Sie nicht auch?«
Irgendwie faszinierte mich seine absolute Ichbezogenheit.
»Sind Sie sich darüber im Klaren, dass ich die Absicht habe, der Polizei alles zu erzählen?«
Das schien ihn nicht im Geringsten zu irritieren.
»Ich dachte mir schon, dass Sie sich zu diesem lächerlichen, puritanischen Schritt entschließen würden. Die jungen Leute sind doch alle gleich – unpraktische Idealisten. Nun, Sie müssen wissen, was Sie für richtig halten.«
Ich drehte mich um und begann, die Stufen hinaufzuklettern, als er in sardonischem Ton hinzufügte: »Aber bevor Sie das tun, sollten Sie vielleicht an das Schicksal Ihrer Katze denken!«
Er wies auf die Mauer.
Mir blieb fast das Herz stehen. Irgendwie gelang es

mir – meine Beine gehorchten mir kaum –, zur Brüstung zu gelangen und hinunterzuschauen.
Die Felswand zu meiner Rechten ragte steil in die Höhe, unten brodelte und schäumte das Wasser. Ich blickte geradeaus zu dem äußersten Rand des Eierbechers des Teufels, wie gesagt, eine niedrige, rasenbedeckte Steinmauer, von hier aus konnte ich auch die Öffnung zum Meer sehen, ein natürlicher Bogen, durch den die Wellen brachen, gegen die Felswand brausten und den Schaum hoch in die Lüfte schleuderten. Aber diesmal waren da nicht nur Schaumbälle, sondern auch Möwen, die etwas Kleines, Goldbraunes umflogen, das auf der gefährlich schmalen äußeren Steinmauer kauerte.
»Hodge!«, flüsterte ich. »Sie haben ihn dorthin gebracht. Wie konnten Sie nur? Von all den widerlichen, gemeinen …«
»Ich habe ihn nicht dorthin gebracht, meine Liebe.« Er strich sich zufrieden über den Bart. »Nein, ich fürchte, dazu bin ich doch etwas zu alt … Es war lediglich meine geniale Idee.«
»Wer also? Doch nicht Toby? Nein! Minkins, natürlich, er war es. Ich werde die Polizei anrufen. Sie werden kommen … sie werden …«
»Aber, aber, mein liebes Kind. Ich fürchte, Minkins wird das leider nicht zulassen. Außerdem muss ich Ihnen leider mitteilen, dass unser Anschluss gestört ist. Und bis sie hier wären … ich bin mit Steinen ebenso treffsicher wie mit dem Gewehr, fast noch besser.«

Er nahm einen losen Stein von der Mauer und zielte auf den hilflosen Kater. Der Stein flog knapp über Hodges Kopf hinweg, der sich erschreckt duckte.
»Sehen Sie? Ich habe das mit Möwen geübt. Ich kann Ihnen versichern, ich bin ein exzellenter Schütze.«
Das brachte den Krug zum Überlaufen. In sinnloser Wut schleuderte ich ihm eine Handvoll Erde – von der Mauer – ins Gesicht.
»Sie gemeiner Mensch! Sie werden meinen Kater nicht töten, das lasse ich nicht zu!«
Er taumelte zurück, schrie wütend auf und versuchte, sich den Dreck aus den Augen zu reiben. Im selben Moment war ich schon auf der Mauer. Erst als ich auf der anderen Seite angekommen war und mich daranmachte, vorsichtig den grasbewachsenen Abhang bis zum Sattel hinunterzuklettern, wurde mir bewusst, welche Wahnsinnstat ich begangen hatte.
Rechts und links von mir fielen die Felswände fast senkrecht ab, ich befand mich hundert Meter über dem Meeresspiegel. Als ich rückwärts über die Schulter blickte, sah ich Hodge dort unten, der sich ans Gras klammerte, um den attackierenden Möwen zu entgehen. Ich schrie sie an – sie mit den Händen zu verscheuchen, traute ich mich nicht –, und sie flatterten davon. Wenn Hodge nun in Panik geraten und sich wehren würde, sobald ich ihn aufhob?
Ich musste es wenigstens versuchen. Ich würde den alten Hodge, meinen Freund fürs Leben, keinen einsamen, qualvollen Tod sterben lassen. Wie oft hatte er mich früher in all den langen, unglücklichen

Nächten meiner Kindheit getröstet. Wenn ich ihn jetzt im Stich ließe, würde ich meines Lebens nicht mehr froh werden.

»Hodge!«, rief ich, »Hodge, mein Liebling, ich bin es.« Ob er mich bei diesem Wind überhaupt hören konnte? Sein rosa Mund öffnete sich zu einem stummen Hilfeschrei. Aber er bewegte sich nicht, er war starr vor Schreck.

Was tat Mark Trevelyan? Würde er mir überhaupt Gelegenheit geben, zurückzuklettern? Ich war mittlerweile schon ziemlich müde, und meine Arme schmerzten immer noch von dem Handtuchwedeln heute Nachmittag. War es möglich, mit Hodge zusammen diesen steilen Hang wieder hochzukommen?

Es war sinnlos, darüber nachzudenken. Ich entledigte mich meiner Schuhe und kroch auf Händen und Füßen weiter, bis ich mich in Reichweite von Hodge befand. Er stand immer noch regungslos da – ich weiß nicht einmal, ob er mich erkannte. Ganz vorsichtig berührte ich ihn und streichelte ihn zärtlich, packte ihn am Nacken und hob ihn hoch. Als ich ihn in meinen Armen hielt, wehrte er sich zunächst heftig dagegen, gab dann aber auf, Angst lähmte seinen Kampfgeist, ich spürte das wilde Pochen seines Herzens.

Ich versuchte gerade, auf Knien und mit einer Hand den Hügel wieder hinaufzuklettern, als mich ein Stein an der rechten Hüfte traf. Ich verlor fast das Gleichgewicht, schwankte, und beinahe hätte ich

Hodge fallen gelassen. Ein weiteres Geschoss flog an meinem Kopf vorbei. Ich schaute auf und sah Mark Trevelyans wütendes Gesicht über der Brüstung.

Konnte das sein Herz überhaupt lange aushalten? Oder stand es nicht so schlimm um ihn, wie er vorgab? Dann erblickte ich hinter ihm die Umrisse eines anderen Mannes, der die Stufen hinunterrannte. In diesem Augenblick gab ich die Hoffnung auf. Minkins natürlich. Er und kein anderer hatte Hodge entführt, als er ins Dorf fuhr, um Einkäufe zu machen. Minkins hatte das Loch in den Tank gebohrt und die Ratte in meinen Mini gelegt. Er war offensichtlich bereit, alles für seinen Herrn zu tun.

Zwei Steine trafen meinen Rücken, einer verfehlte gerade noch mein Gesicht. Onkel Mark kam allmählich in Fahrt. Ich sah mein Ende nahen. Und nichts würde beweisen, dass es kein Unfall war ...

Dann hörte ich einen Schrei:

»Meg! Halt aus, ich komme!«

Es war nicht Minkins, sondern Toby. Wie war das möglich? Sein Arm schnellte nach vorn und traf seinen Onkel am Kinn, Mark Trevelyan war jetzt im wahrsten Sinne des Wortes am Boden zerstört.

Toby sprang über die Mauer und kraxelte zu mir herüber.

»Du verrückte Person!«, rief er. »Was ist um Himmels willen passiert? Wie bist du hierhergekommen?«

Er reichte mir seine Hand, um mich hochzuziehen, dann sah er Hodge. »Oh, du liebe Güte, ich verstehe

... die Katze ... Hast du meine Hand? Gut, jetzt langsam, ganz langsam.«
Halb zog er, halb stützte er mich und das den ganzen langen Weg. Als ich mich endlich über die Brüstung gequält hatte, sah ich Mark Trevelyan am Boden liegen, sein Gesicht war merkwürdig blau.
»Ich glaube, er ist erledigt«, japste Toby. »Und er tut mir nicht einmal leid. Wir gehen besser ins Haus und telefonieren. Kannst du laufen? Hat er dich verletzt?«
»Nein, nicht sehr. Es geht schon.« Ich nahm Hodge fester in die Arme. Sein Herz schlug immer noch zum Zerspringen.
Dann fragte ich: »Wieso bist du zurückgekommen?«
»Ich wurde etwas unruhig. Ich hätte es viel früher erraten müssen. Obwohl ... irgendwie habe ich es schon geahnt ... Vielleicht taten das alle. Mark macht sich normalerweise nicht so viel aus Fremden. Warum war er also so erpicht darauf, dich kennenzulernen? Dann in Bodmien platzte mir der Reifen, ich rief in der Gießerei an, um zu sagen, dass ich später käme. Sie waren überrascht, sie hätten mir keine Botschaft geschickt. Dann fiel es mir wie Schuppen von den Augen. Ich dachte an das Loch im Tank von Walts Boot, und alles schien zusammenzupassen. Ich raste zurück nach Penleggan. Gütiger Gott, da kommt Miss Pentecost.«
Die kleine rundliche Dame kam direkt auf uns zu. »Ich bin ein bisschen früh dran ...«, dann, nachdem sie einen Blick auf mich geworfen hatte: »Schock. Heißen, süßen Tee! Toby, setz den Kessel auf«, sagte

sie ruhig. »Minkins ist aus irgendeinem unerfindlichen Grund nicht da, er fuhr an mir vorbei in Richtung Dorf, und das in einem unerhörten Tempo. Nehme an, er hat das Gemüse vergessen.«
Miss Pentecost führte mich ins Haus, legte mich auf ein Sofa in der Nähe des Kamins und gab Hodge sogar Milch. Er schlürfte gierig zwei Schüsseln leer, kletterte dann auf meinen Schoß und blieb dort liegen. Ich war wie benommen. Wortfetzen von Miss Pentecost und Toby, die leise miteinander sprachen, drangen an mein Ohr:
»Ja, sein Herz … Welcher Arzt? … Dr. Rumbold in St. Kew … Telefon gestört? … Minkins hat wahrscheinlich die Leitung durchgeschnitten … Wie seltsam … Erklären Sie mir alles später …«
Ich hörte ein Auto starten, und gleich darauf kam Miss Pentecost und setzte sich zu mir: »Toby ist fortgefahren, um einen Arzt zu holen. Ich fürchte, für Mr. Trevelyan kommt jede Hilfe zu spät. Sie wissen, sein Herz … Wie wär's jetzt mit einer Tasse von diesem herrlichen Tee? Ich werde auch eine trinken.«
Während ich trank, holte sie ihren Handarbeitskorb hervor und fing an zu stricken.
»Möchten Sie über alles sprechen?«
»Ja, bitte.«
Es sprudelte nur so aus mir heraus. Miss Pentecost hörte zu und strickte. Als ich fertig war, sagte sie: »Natürlich, das hätte ich schon vor langer Zeit herausfinden müssen. Ich habe mich oft gefragt, wer sich an diesem Abend mein Fahrrad ausgeliehen und

dann verkehrt herum wieder hingestellt hat ... Ich sehe nicht viel Sinn darin, jetzt noch die Polizei zu informieren, Sie vielleicht? Wollen wir die ganze Sache vergessen, Toby zuliebe?«

»O ja.« Aber dann erinnerte ich mich an Onkel Marks Helfershelfer. »Was wird aber mit Mr. Minkins?«

»Überlassen wir das Toby«, meinte Miss Pentecost in ihrer praktischen Art. »Er ist derjenige, der das entscheiden muss.«

Später hörte ich, dass Toby, nachdem er herausfand, dass Mark Trevelyans Schreibtisch ausgeplündert worden war, die Polizei einschaltete und Minkins kurz darauf gefasst wurde. Er hatte zehntausend bei sich.

»Da kommt Toby, glaube ich«, fuhr Miss Pentecost fort. Sie hatte erstaunlich gute Ohren für ihr Alter. »Er ist ein guter Junge. Man kann sich auf ihn verlassen. Wenn Sie sich jetzt besser fühlen, schlage ich Ihnen vor, dass er Sie zum Gasthof fährt, und ich werde unterdessen mit Dr. Rumbold reden. Es besteht gar kein Grund für Sie zu warten und sich vielleicht nur aufzuregen. Wir werden uns sicher bald wiedersehen. Ich würde wirklich gerne einmal mit Ihnen über Kunst plaudern. Außerdem haben Sie meinen Holunderbeerwein noch gar nicht probiert, er ist dieses Jahr besonders gut.«

Und damit verabschiedete sich die bemerkenswerte alte Dame.

Toby kam herein. Er sah abgespannt aus.

»Ich werde dich jetzt zum Gasthof fahren, ja? Du wirst sicherlich nicht hierbleiben wollen.«
»Danke, das wäre sehr lieb. Wenn es dir nichts ausmacht. Ich fühle mich immer noch etwas ...«
»Nicht!«
Er sah mich unentschlossen an, zögerte, ging mit großen Schritten durch den Raum, kniete neben mir nieder, schlang die Arme um mich und redete und redete ...
Mein Herz klopfte so laut, dass ich ihn kaum verstehen konnte. »O Meg, als ich dich dort sah ... dachte ich ... auf diesem verdammten Felsen ... das war das Letzte, was ich erwartet hatte ... nach allem, was heute passiert ist, wirst du wahrscheinlich niemals ... aber du bist die einzige Frau ...« Und dann klar und deutlich: »Wenn du gestürzt wärest, wäre ich nachgesprungen.«
Wir sahen uns voll Erstaunen tief in die Augen. Dann beugte Toby sich vor und küsste mich.
»Ich liebe dich.«
Ich nickte, ich hätte kein Wort herausgebracht.
»Du mich auch?«
Wieder nickte ich.
»Bin ich froh. Ich musste dich einfach fragen ... komm, ich bring dich jetzt zum Gasthof.«
Wir gingen zu seinem Wagen, er hatte den Arm um mich gelegt, während ich Hodge trug. Die ganze Fahrt über hielten wir uns an den Händen.
Es war inzwischen fast dunkel draußen. Die schönen, alten Gaslaternen erhellten den Kai, die Trauerweide

und das weiße Sommerhaus. Toby hielt vor dem Pub.
»Ich muss jetzt wieder zurück«, sagte er. »Es gibt sicher noch viel zu tun. Ich nehme an, wir werden Minkins nicht mehr zu Gesicht bekommen.
Aber ich komme später noch einmal wieder … willst du? Ich muss doch wissen, wie es dir geht.«
»Ja, bitte komm, Toby.«
Er hielt meine Hand noch eine ganze Weile, dann stieg er in seinen Sportwagen und brauste davon.
Ich nahm Hodge auf den Arm, streichelte ihn und betrat den Gasthof und formulierte in Gedanken schon meinen langen, schwierigen Brief an George.